MI PEQUEÑA LIBRERÍA

Representado por la agencia literaria Dos Passos

Lunwerg es un sello editorial de Editorial Planeta, S. A.
Avenida Diagonal, 662-664 - 08034 Barcelona
Calle Juan Ignacio Luca de Tena, 17 - 28027 Madrid
lunwerg@lunwerg.com
www.lunwerg.com
www.instagram.com/lunwerg
www.facebook.com/lunwerg
www.twitter.com/Lunwerglibros

Creación y realización: Lunwerg, 2024
Primera edición: octubre 2024
Depósito legal: B. 11.994-2024
ISBN: 978-84-10378-05-6

Impresión y encuadernación: Macrolibros
Printed in Spain – Impreso en España

PEFC Certificado
Este libro procede de bosques gestionados de forma sostenible
PEFC
PEFC/14-38-00305
www.pefc.es

Máximo Huerta

MI PEQUEÑA LIBRERÍA

Con ilustraciones del autor

LUNWERG
EDITORES

A Valentina y su tío Juan

1.

Mamá se había puesto enferma. La casa del pueblo me esperaba para devolverla a la vida y con ella, también a mamá. El hospital era la cuarta habitación, el salón de espera, el anexo de nuestra vivienda. La ambulancia nos recogía en la puerta y, después de un recorrido en busca de otros enfermos, llegábamos a las consultas donde empezaba todo el tratamiento.

Comenzamos a perder el brillo en la mirada en ese zigzag de la carretera: los ojos de los enfermos no miran a ningún sitio y los de los acompañantes solo tienen una dirección. La ropa fue repitiéndose: un pantalón cómodo, las mismas zapatillas y una sudadera amplia. No pensar. No verse obligado a elegir. Eliminar quebraderos de cabeza. Limpiar zozobras. Solo debía estar pendiente de dos enormes pastilleros que compré en el bazar de la salida del pueblo y de todos los medicamentos que, distribuidos —lunes, martes, x, jueves, viernes, sábado y D— se ofrecían en azul y verde. «¿Qué me toca ahora?».

«El verde es la mañana, mamá. El azul es la noche».

Y así todos los días.

Mamá enfermaba y yo con ella.

En el pueblo es fácil pasearse con la misma ropa, pedir ayuda a las vecinas y hacer la compra. Apenas unos metros separan tu vida de las vidas.

Melchor nos traía el pan, Gaspar los alimentos y Baltasar, la limpieza. En ese portal, todo empezaba a ordenarse de otra manera, distinta a la que llevaba en la ciudad. La ventana frente a la que instalé el sillón nuevo de mamá ofrecía el paisaje de la sierra peinada con pinos y varias casitas que, de noche, eran farolillos de Gatsby. La perra se dormía bajo ese ventanal, abrigada cuando el frío, espatarrada cuando el calor. Y consciente de todo. Mientras mamá y yo perdíamos luz en la mirada, ella iba sumando rayos. Ahora una caricia, luego un lametón, después un *mequedocontigo* a tus pies.

Y así, la vida.
Así los días.
«El azul es para las noches, mamá».

El pueblo, dormido en la memoria durante años, despertó para mí. Los reyes dejaron de traer la compra y empecé a recorrer las calles, con ánimo descubridor. En el horno seguían haciendo mis dulces favoritos, unos rollitos de anís; la barra, crujiente; los bizcochos, tiernos. La droguera me recordaba lo que me hacía falta y, junto a los detergentes, me regalaba colonia y buenas palabras. En la frutería, dejaba pasear la mirada como cuando de niño lo hacía en la Julieta: contemplando el paisaje de los jamones abiertos, con sus vetas como montañas y tocinos como ríos. Paisajes. La mejor uva. Los mejores melocotones. «Llévate el queso fresco. ¿Quieres algo más?». Y lo que era solo rutina empezó a convertirse en ruta. Un café cortado y bocadillo para almorzar, una caña a mediodía, un vino por la tarde. Si la mirada había perdido brillo, a mi alrededor se empeñaban en ofrecerlo.

Doña Leo, mi perra, a tirones, me llevaba de un sitio a otro, saludando árboles y esquinas que ya empezaban a ser de nuevo familiares por habituales; el micromundo del sofá y la cama se ofrecía nuevo en cada plaza. Sobre todo ahí, en la Plaza. La Plaza del Pueblo. Una mañana de no sé qué mes, solo recuerdo el frío, apareció el deseo.

«Mira esa fachada. Mira esa tienda vacía».
«¿Está en alquiler?».

2.

En la familia éramos tres. Madre, padre y yo. Los tres hacíamos una vida ordenada y bajo las estrictas reglas de mi padre. Yo era el mayor y el menor. ¿Se imaginan ser el elemento que une a los dos planetas? ¿Ir de bares con papá, de compras con mamá? Exhausto entre los amigos. Jugaba con recortables, con pegamento, ceras que manchaban mucho y canicas que parecían avisarme del futuro como infinitas bolas de cristal.

No era campeón en nada, ni en correr, ni en bicicleta ni en fútbol, que no me gustaba. Adoraba buscar lagartijas y pensar que si les daba de comer se convertirían en dragones de cinco cabezas que echaban fuego.

El fuego me gustaba. Escribo esto frente a la estufa de leña y aquellas primeras llamas eran el éxtasis. La devoción que sentía hacia las hogueras, aunque fueran pequeñas, de cartón y papeles en la galería, era un culto maya.

Cuando pude conseguir mucho cartón, hice la hoguera en la calle, pero el viento atizó fuerte y los pájaros de fuego volaron hacia los balcones de los edificios.

Me costó abandonar el fuego.

Lo imaginé en mis lecturas. Y fue cuando entré en las novelas de Julio Verne, especialmente en *Viaje al centro de la Tierra*. Allí dentro, en el infinito inframundo de cuevas y gargantas de piedra encontraría la gran bola de fuego.

3.

Cuando mi padre entendió que me gustaba más la casa que la calle, me empezó a comprar enciclopedias de colores. Aquí siguen: la roja, la verde y la azul, acumulando polvo e historias en el sótano donde también hay una guitarra y una caja de juguetes de un hijo único. Ocupan esos tratados el mismo lugar que entonces, aunque antaño parecían vademécums como los cíclopes. Las fronteras de los países han cambiado y los tomos están llenos de anotaciones, y, si los abres, aparecen fotos recortadas de revistas que debieron tener algún pequeño significado.

Los demás, así los llamaba mi madre, seguían jugando en el campo de tierra del descampado entre los edificios. Yo me conformaba con viajar de Lima a Tokio, de Kenia a la isla de Pascua.

El libro de Miguel de la Quadra-Salcedo mantiene intacto su misterio viajero. Mis amigos hacían disparos a puerta como grandes futbolistas de Primera División, yo imitaba por aquel entonces a la perfección la mirada salvaje del reportero de las fotos, que, arqueado sobre unas ramas de la selva amazónica, atrapaba grandes animales, se abrazaba a troncos del tamaño de mi edificio para lanzarlos a lóbregos pantanos y ponía mohínes con las criaturas recién nacidas que iluminaban la vida en la frondosidad de los paisajes desconocidos.

4.

Hay una foto que habla de nosotros. Estamos mirando a cámara, posiblemente fue el primer selfi o autorretrato de nuestra historia, en el salón en que comíamos, estudiaba, merendábamos, recibíamos a las visitas o veíamos la televisión.

Es linda. Aparece una caja de Navidad, está abierta, sobresale un montón de espumillón y de él una botella de champán. Mamá prefería sidra. Se distinguen latas de conserva y alguna pieza de turrón. Mi madre con una manta sobre las piernas, papá con el puro encendido y yo con un libro en las manos.

En el piso, primera planta de un bloque de protección oficial azul y adobe caravista, había una estufa catalítica de gas que cuando la encendíamos lanzaba una llamarada fascinante. Podría habernos quemado las pestañas, como mínimo, pero cada golpe para ponerla en marcha contenía la aventura del riesgo y el peligro. «¡Cuidado!», decía mamá. Después, cuando aquel espacio se calentaba, empezábamos a abrir puertas para no asfixiarnos con la combustión. Papá se quedaba dormido en el sillón, el suyo, marcado con su forma y las quemaduras del puro en la piel sintética. Mamá, acodada en la mesa camilla con la mirada perdida. Yo, leyendo bajo la lámpara de pie dorada y adornada con flecos que hacía sombras chinescas en el suelo. No había perro, ahí es donde empecé a desearlo. El mundo de los mayores se evaporaba en sus sueños, seguramente de cansancio, y el gigantesco mundo infantil crecía como la llama de la estufa.

Mamá despertaba cuando papá decidía irse a dormir.

Ahí nos quedábamos los dos. Ella cogía un libro de Austral que le prestaban en el kiosco por cincuenta céntimos y yo mis aventuras de Pippi Långstrump. Éramos herederos de la abuela, a quien le gustaba mucho leer. No existe esa imagen, pero puedo visualizarla. Tres generaciones frente a sus libros. Parábamos solo para merendar.

Aquí debo aclarar que no me sacaba de las historias nada más que una buena taza de chocolate y unos churros de Clemente que traía de la calle Adarve. O un bocadillo de embutido. O bizcocho recién hecho. O buñuelos de viento.

5.

Algunos preguntarán por qué mi padre me regalaba enciclopedias y, sin embargo, no leía; por lo menos desde que yo lo conocí. Mi padre tenía un camión, recorría todo el país repartiendo botellas de vino o alcohol a granel. Después cambió de contenido: cemento. Me entristeció el salto, me parecía más triste y, sí, más gris que el maravilloso líquido rojo. A mí me explicó que lo primero era para celebrar y lo segundo para construir. Que allí donde unos ya podían sacar las copas y descorchar botellas es porque también había llegado el cemento. Y que las dos cosas eran importantes: beber y vivir. A él le gustaba mucho la conjugación del verbo en copa. Mi abuelo ponía gaseosa y decía que los pequeños podíamos imitar al cura. A la abuela le perturbaba semejante comparación y me hacía gestos para que no me arrimara al vaso. Pero la mirada del abuelo era para enmarcarla. Qué pícaro.

Digo que mi padre no leía. Pero le gustaba que yo tuviera libros. En su familia no había ejemplares de novelas, yo debía darle la vuelta al destino. Repetía siempre lo de que el saber no ocupa lugar. Pero cuando llegaban las cajas con otra enciclopedia, ahora de arte, nos reíamos porque había que hacer espacio para el invisible mundo del saber. «Un día estará en tu cabeza y es cuando no ocupará. Ahora, ya ves. Zigzagueando por la habitación».

Creo que a papá le hubiera gustado leer, pero no tenía concentración. Se dormía al llegar del trabajo, aunque mamá le pusiera un café negro cargado de cafeína. Roncaba. Mamá también.

6.

Recuerdo que cuando todos roncaban, yo leía. Así aprendí a concentrarme, con la banda sonora de unos lobos que vigilaban el bosque para amedrentar a las ovejas. O vampiros que volaban por las azoteas, robando sábanas y disfrazándose de tiernas monjas. El sonido, fuerte y profundo, acompañaba a Pippi en su viaje con Tommy y Annika Settergren en la cama de metal. «Eso son nubes, vienen con tormenta, habrá que virar a babor. ¡A estribor!».

Siempre acompañaba los ronquidos de fantasía. Aprendí que lo que no puedes cambiar, lo debes bailar.

En ese baile crecían los personajes de los libros que esperaban en montones para ser leídos. Eso me encantaba, pues la paz de ese silencio roto por gruñidos era la más bonita del día.

Yo quedaba como suspendido en el aire.

Era el clímax que la lectura ejercía sobre mí. Ahora lo sé. Lo que nos distingue a los que leemos es que durante un rato estamos flotando.

O navegando otros mares. Caminando en otros paisajes. Arañándonos con la maleza del capítulo y desbrozando hierbas que queremos atravesar para llegar a esa casa que se anuncia en el inicio y que promete secretos y aventuras. Los pájaros se posan en las manos del lector, pellizcan, recogen las migas del sofá, las que han quedado de la merienda. Comen y se van, alzan el vuelo delante de nuestras gafas sin inmutarnos. A veces nos distraen. Volvemos. La casa está abierta, hay una ventana de par en par, las cortinas se mueven como velas de un barco, tensadas hacia el interior. Hay una luz. Para verla es necesario acercarse, seguir leyendo, cruzar el límite de lo decoroso y del respeto, sin jadeos, sin hacer estrépitos por la gravilla que cruje bajo los pies. ¿Quién anda ahí? El texto se abre en otra página. «¿Quién es?», preguntas. La rama de un árbol golpea el aire. Los pájaros salen en barahúnda. El libro se cae. Papá se despierta. Mamá disimula el sueño. El café frío se vierte en la mesa. «¿Qué es? ¿Qué ha pasado?».

El lector deja el aire. Deja de estar suspendido. El sortilegio acaba. Ahora lo sé. A mí me gustaba que papá me trajera enciclopedias y también que roncara de manera infinita.

Yo entonces pensaba que por mis manos fluía la sangre de los vaqueros que conquistaban el Oeste, la de la pólvora que dejaba restos en la cara, los muertos de Agatha Christie podían esconderse bajo mi cama y, con algo de suerte y un billete de tren robado, podía subirme al ferrocarril que atravesaba Siberia. «Hola, Anastasia». «Hola, Vronsky». «Hola, Miguel Strogoff». Conocí la nieve antes de ver la nieve. Y cuando nevó en el pueblo, todos los personajes bajaron al portal conmigo.

7.

Era bonito, después del colegio —salíamos a las cinco de la tarde— encontrar a mi madre esperándome ansiosa con la merienda preparada.

En el piso, lo primero que veías era un recibidor forrado de moqueta azul noche que absorbía, según mi madre, todos los humos de la cocina. Allí estaba la puerta, a mano izquierda. Todo distribuido en dos lados. Así, mientras mamá calentaba la leche, que a veces se derramaba al hervir, yo esperaba sentado en el poyete de mármol comentándole la jugada del día en el colegio. Después, cuando algunos vecinos se asomaban a la calle, si no tenía deberes, me bajaba con ellos. A veces, mi casa solo fue balcón desde el que mirar la vida.

Yo me quedaba en mi habitación y construía mi fantasía con algo de chocolate en la mano y todos los rotuladores en la otra. Frente a mí, mi pequeña biblioteca de juventud: *Los cinco* de Enid Blyton, *Elige tu propia aventura*, *Charlie y la fábrica de chocolate*, *El pequeño Nicolás*, *Fray Perico y su borrico*, *El pirata Garrapata* y *La Biblia infantil*, una sencilla. Amén de otros de pocas páginas que ilustraba Ferrándiz y que eran troquelados: *La ratita presumida*, *El soldadito de plomo*, *Flor*, cuentos de Andersen... Todavía andan por algún cajón junto con el ganchillo de la abuela.

Acabadas las lecturas hubo que buscar salida a los mundos desgastados, así empecé a ir a la biblioteca. Un carné de socio y un silencio sepulcral que no se podía romper o todos los ojos del infierno y del bibliotecario caerían a plomo sobre tu destino. Recorrer aquella sala, con mesas compartidas, fue el primer viaje al extranjero, no porque el centro estuviera lejos de casa, qué va, sino porque los nombres de los autores, entonces desconocidos, empezaron a ser la primera aduana de otro país. El país de Todo Puede Pasar.

La hija de la escritora Kate Atkinson, Helen Clyne, dijo que lo importante de una biblioteca pública es que es un lugar al que sencillamente puedes acudir, un espacio libre, democrático, donde cualquiera puede ir y estar allí con otros lectores, donde no necesitas dinero y puedes, simplemente, irte. Gente de todas las edades alrededor, no importa quién seas o qué estés haciendo.

En un panfleto con poemas de Sophie Mayer, lleno de heroínas televisivas contemporáneas, Mayer enumera las armas que Buffy cazavampiros utiliza a lo largo de las siete temporadas de la serie para mantener a raya a los vampiros, a los demonios y a otras fuerzas del mal. En su lista, entre estacas, espadas y la luz del sol, está «el carné de biblioteca».

No recuerdo el libro que seleccioné con mi arma para llevármelo a casa. Sé que había que forrarlo con papel de periódico para que durante esos días de adopción no se estropeara. Lo decía el bibliotecario en voz baja tras el mostrador. Asentías. Jurabas que ese ejemplar regresaría del viaje como lo recogiste. Lo que ignoraba entonces es que la magia de cada lector iba quedándose en las páginas con algunas miguitas de la merienda, alguna mancha de aceite y pelos de lectoras pelirrojas. Lo recuerdo perfectamente.

En uno de los libros de la serie de Långstrump había cabellos largos. Pasado el efecto del asco, vino el de la intriga. ¿Quién era esa lectora? ¿O era del personaje? ¿Pippi? No lo aparté, se quedó allí y lo devolví con el cuidado de un joyero.

Los libros se devuelven tal y como los has cogido. Eso hice.

Y en la biblioteca empecé a disfrutar del momento de elegir. El objetivo oculto era descubrir a la niña de cabellos rojos.

8.

Los días de frío, de viento o de lluvia me gustaban. La casa era un refugio que podía convertirse en castillo, mazmorra o cueva de Altamira. Muy partidario del fuego —siempre presente— encendía velas que ofrecían misterio a la lectura. Esa sombra en movimiento, el aroma a cera y los plásticos que acercaba a la llama generaban la atmósfera perfecta en la que uno podía esconderse del salón, donde los padres, riñendo o callados con la televisión, vivían su vida, una vida que no me gustaba. ¡Cómo no iba a refugiarme en la lectura!

¡Cómo no amar al Lazarillo, a Sancho, a Don Juan! ¡Cómo no entender el ángel de doña Inés, a Jo March, a Alicia y suspirar con el capitán Nemo! Junto a la llama quise ser Jean Valjean, entendí los misterios de Poirot y empuñé el arpón del capitán Ahab. El aviador, el niño y la rosa del *Principito* me daban igual. Los fascinantes eran los hidalgos, las heroínas, los villanos, los bufones y los sabios de verdad. Y, puestos a encender —no olvidemos el olor a cera derretida— , en la ficción me quedaba con Momo, Michael Ende siempre al rescate. El veneno de las novelas detectivescas llegó con *Todos los detectives se llaman Flanagan*, de Martín y Ribera. Y las ganas de escapar de aquella habitación las trajo *El conde de Montecristo*.

El músculo lector se hizo fuerte. Me evado con concentración y me aíslo por completo. Era mi huida. Hoy también. Qué bien se lee en los trenes. El riesgo de pasarme de estación existe, sí. Pero el placer de volver a aquella habitación de llama de vela, cabo encendido y chorretes dignos de castillo de Drácula, también.

Albert Camus escribió que «el silencio es la conversación de las personas que se quieren. Lo que cuenta no es lo que se dice, sino lo que no es necesario decir». No sé por qué escribo esto, pero creo que el silencio hizo hueco desde aquellas tardes de mesa y silla, también de cojín y alfombra. O de puerta cerrada y espalda pegada con manta en las piernas.

¿Por qué lees?

Esa pregunta estaba colgando de las miradas de los demás. También de mis padres. Ellos eran la respuesta. No soportaba la vida que habitábamos sin una explicación paralela, sin más conocimientos de los que me llegaban de la escuela, sin un espacio al que escaparme, viajar, o sin todas aquellas notas a pie de vida que daba la lectura. Sin subterfugios: para huir de la realidad. Buscaba padres en los libros. Una voz amiga. Vivir otras vidas. Descubrir paisajes que nunca he visitado. Ensanchar aquella habitación estrecha que olía a cirio.

Se entiende ahora bien el porqué de mi amor a las iglesias. Entro hurgándome en los bolsillos, buscando monedas con las que encender velas. Y en ese acto hay un regreso al niño que leía. Siempre hay bancos vacíos, bancos incómodos como suelen ser los de las iglesias, con espacio para el abrigo y para no rozarse con nadie. Aislado frente a un Dios. Y el Dios habla como lo hacían aquellos libros en voz baja, invisible para los agnósticos. Durante esos momentos, uno vuelve a creer en la posibilidad. La realidad, como en aquella habitación, está fuera. Dentro, hay una ficción en la que es hermoso imaginar. El libro se cierra cuando cruzas la puerta.

Los días de frío, como hoy, el libro abriga.

9.

De pronto apareció un libro. Un librito rojo que iniciaba una colección en el kiosco de la plaza. El autor era un señor desconocido con calva y barba y lo acompañaba una ilustración que era fácil de imitar: un burro. Con él, *La guerra de los mundos*. Pero yo no estaba para marcianos llegando a la Tierra, me parecía absurda una invasión extraterrestre. Ponía en la contracubierta que un meteoro impactaba en un campo cercano a Londres y que de aquello salían tipos grandes y grisáceos, de piel marrón aceitosa, del tamaño, tal vez, de un oso, con dos grandes ojos de color oscuro y bocas en forma de uve sin labios, que goteaban saliva, y dos grupos de tentáculos de gorgona intensos, inhumanos, lisiados y monstruosos. Opté por el burrito pequeño, peludo, suave; tan blando por fuera que se diría todo de algodón, que no lleva huesos.

> «Sólo los espejos de azabache de sus ojos son duros cual dos escarabajos de cristal negro.

BIBLIOTECA DE
JUVENTUD
PLATERO
y
YO

Lo dejo suelto, y se va al prado, y acaricia tibiamente con su hocico, rozándolas apenas, las florecillas rosas, celestes y gualdas... Lo llamo dulcemente: "¿Platero?", y viene a mí con un trotecillo alegre que parece que se ríe, en no sé qué cascabeleo ideal...».

Con permiso y olvido de H. G. Wells, me quedé con el burrito. Y desde ese momento hasta hoy el ejemplar de tapas rojas de Bruguera ha permanecido en la mesilla de noche para alumbrar, como una vela, los días de dolor, insomnio y soledad. Ese fue el primer libro que entró en mi pequeña librería. No lo decidí yo, lo eligió el azar. Al abrir la primera caja, Platero dijo «hola», con su trotecillo alegre echando a andar por la tienda. Suave, peludo y pequeño.

Incluso para mí fue una sorpresa. Paciencia, eso viene después.

Desde ese día, la llegada de Platero a casa, se habló claramente de mi pasión por la lectura, y cada tarde, cuando llegaba a la biblioteca lo único que intentaba y que me interesaba era encontrar ejemplares que pudieran superar el lirismo y la belleza de mi nuevo libro favorito.

10.

Mi padre decía, orgulloso, que los libros que él compraba habían hecho mella en su hijo. Se llama como yo, insistía frente a los amigos del bar. El mismo nombre y apellidos. Un día, cuando sea mayor, recibirá las cartas con mis iniciales, que son las suyas. Así de sencilla era la vanagloria. «¿Ha visto?», mi padre hacía una pausa, «... y lee mucho, como los ingenieros».

«¿Sabes una cosa? —decía, saboreando las palabras y una caña siempre a mano—, escribe cuentos y copia todo lo que pone en las enciclopedias. Lo lee y lo apunta con la máquina de escribir».

Ahora pienso que aquellos hombres de bar pensarían que el hijo era un raro haciendo de escribano o copista de tochos ordenados alfabéticamente. Las miradas rondaban el aplauso y la perplejidad. Él siempre presumía. Pero el niño del que presumía solo hacía sus trabajos para clase; sin embargo, esa imagen de un infante con un libro enorme abierto de par en par en la mesa camilla era conmovedora para el hombre de campo. Cómo no iba a maravillarse.

La máquina de escribir era monstruosa. Es. Una Olivetti gris de teclas y espacios como el cañón del Colorado en la que se me colaban los deditos infantiles, en las que había que golpear con fuerza de un titán y tirar el carro con seguridad para que no se calara como las motos viejas. La cinta era negra y roja. La negra se gastaba, la roja permanecía limpia, solo para titulares. A veces, también para subrayados a posteriori. La eñe era el infierno: estaño, paño, piñón, pezuña, piña, cañada, sueño, escudriñar, castaña, señora, extraño, año, uña, niño... La Olivetti era un Land Rover. Grandiosa y pesada. De formas cuadradas y robusta, a prueba de una vida frente a ella. Le pusimos carrito, como las oficinistas de la época, y cuando me enfadada porque el meñique se enterraba en el vacío entre teclas, herido, el berrinche me hacía despedirla hacia el fondo de la habitación.

La eñe nunca se marcaba bien y la solución fue buscar sinónimos. La máquina empezó a notarlo como un perro, sabía que se acercaba la palabra porque frenaba la velocidad y la cabeza iba escarbando analogías.

Por eso, cuando escucho a alguien con frenillo que es incapaz de pronunciar la erre, me acuerdo del niño frente su Olivetti mortal, asesina de meñiques. ¿Buscará iguales? ¿Encontrará un equivalente a piedra, roca, granito, guijarro? ¿Losa, islote, escollo, china, cima, peña?

«Para cada problema, hay una sencilla solución».

Agatha Christie.

11.

La chica pelirroja apareció en *Diez negritos.*

Al abrir la página, otra vez. Un cabello que cruzaba las palabras como si un mensaje en una botella hubiera llegado a la isla de Viernes anunciándome una presencia cercana. Doblé un folio formando un sobre improvisado y dejé el pelo aplastado con cuidado de no perderlo. Lo guardé en el tomo rojo de arte de la nueva enciclopedia que me había regalado papá.

¿Algún día coincidiría con ella? ¿Pasaba por alto el último lector la presencia del cabello rojo o era ella la última lectora? La voracidad con la que leía a Agatha Christie abría la posibilidad de que todos leyeran con la misma velocidad y no fueran conscientes de la prueba notarial de la desconocida.

La biblioteca se convirtió en mi nuevo mundo. Así lo ha sido para muchos. La biblioteca es lo que Michel Foucault llamó una «heterotopía», un lugar ideal pero real e históricamente delimitado que nos permite adentrarnos en un tiempo ritual, como el cine y un jardín. Es un sitio de posibilidades y conexión.

Ese lugar era una brújula interna que me llevaba a zonas que nunca imaginé visitar. Elegir libros cada semana era como depositar los sueños que podía tener.

> «Con una biblioteca eres libre. Es la más democrática de las instituciones porque nadie —pero nadie en absoluto— puede decirte qué leer, cuándo y cómo».
>
> Doris Lessing.

> «Saqueo las bibliotecas públicas y las encuentro llenas de tesoros hundidos».
>
> Virginia Woolf.

Ya nunca volví a encontrar un cabello.

¿La chica pelirroja había dejado de leer? ¿Cambiábamos de gustos y no nos encontrábamos en las páginas? ¿Qué debía yo leer para encontrarla? ¿Qué horarios tenía? ¿Qué libros eran sus tesoros hundidos?

Empecé a leer todo gracias a la chica del cabello rojo.

Mamá dijo que las mujeres maduraban antes y por eso abandoné a Enid Blyton, también a Agatha, por supuesto a Astrid Lindgren, a pesar de que el personaje me pudiera llevar a ella. Entré en las historias de las hermanas Brönte, Fiódor Dostoievski, Nabokov, Flaubert, Tolstói, Orwell, Shelley, Cortázar... Así conocí a Jane Eyre, la guerra y la paz, las cumbres borrascosas, a Anna Karenina, a Dorian Gray, a madame Bovary, al señor Darcy, a Elizabeth Bennet o a Bingley. A Natasha Rostova, a Bezújov... Me hundí en las aguas de Moby Dick y olí las camelias de Margarita Gautier. Blancas si estaba disponible, o rojas, si no lo estaba. Así sucedió la lectura, ausente. Y mientras conocía heroínas, palacios, islas desiertas o bares de costumbres licenciosas fui olvidándome de la chica de cabellos rojos y conociendo a Crusoe, a Copperfield, al gato de Colette, al extranjero, a los hermanos Karamazov y al amante de lady Chatterley.

La biblioteca pública fue importantísima mientras fui creciendo, como lo ha sido para todos los que hemos vivido en un pueblo pequeño a las afueras de las ciudades donde solo íbamos al médico. Era una de esas fuentes de entretenimiento. Sin mi carné y mi acceso a esa biblioteca, por pequeña y estricta que fuera, no creo que fuese el lector que soy ahora. Esa pequeña biblioteca me dio acceso a mundos y vida que un niño crecido en la zona rural nunca hubiera esperado experimentar en ningún otro lugar. Ese carné cazavampiros fue mi acceso a Utopía, a Macondo, a Oz, a Camelot, a Narnia, a Liliput, a Zenda, a Nunca Jamás, a la Tierra Media, a Fantasía.

12.

Sin leer estaría muerto.

Para el incansable lector que fue creciendo, los libros constituyeron una manera de amortiguar el ruido exterior. El mundo vivo se entendía mejor con el mundo de la ficción, que no muerto; un inagotable alimento lírico y semántico, tan provechoso que los libros fueron anunciando el futuro y el nuevo mundo lectura a lectura.

En la facultad, libro en mano, se entendía mejor el paseo; en los viajes, servía de cartera para tiques, algún billete de metro sin usar y las anotaciones del mapa que pretendía recorrer; en la madurez, sentado como estoy ahora frente a una fuente, en un parque solitario y húmedo que debería llenarse de flores cuando sea primavera, la historia de Cochabamba y la bella Catalina ofrece otro destino.

Leer es un placer y, también, una suerte de disciplina para la belleza; porque el verdadero lector es aquel que se deja sorprender en cada página, siempre atento a las palabras, a los regalos que el camino del libro puede ofrecer.

Diría que leer es pasear.

Quien disfruta de la lectura tiene una vida más para disfrutar la regalada. Se puede leer en cualquier sitio, y no existe mejor invento con el que deslizarse por el pasado o imaginar un futuro. Las imágenes que se forman con palabras nos van narrando otro escenario, visitamos cafés, elevamos la mirada sobre los mapas, recorremos bulevares del brazo de señoras con polisón o nos soltamos de ellas para pulsar el botón del ascensor que nos llevará al balcón del rascacielos, allí, de pronto una pista, un hombre con gafas de sol ofrece un sobre y se suicida ante nuestros ojos y ante los de cientos de turistas. ¿Quién era? Y, ¿qué pone en el sobre? Una dirección. Es otro país, otro tiempo, otro siglo. ¿Cómo llegar? Página impar.

La niña que ha visto caer al hombre misterioso observa su cara. Es la de una bruja del cuento que está leyendo. Y, sin embargo, se parece a la abuela de Caperucita. Tiene pelos en la barbilla y lleva una mancha como una zeta en la frente. ¿Harry? ¿Quién es el hombre que ha dejado de caer y ahora sobrevuela la ciudad después de haberse acercado a dos metros sobre la acera? Los globos de la señora del parque salen volando con ella, el nieto ha puesto la máquina del gas helio a todo trapo y ha construido para la vieja una nave con la que perseguir al hombre de negro. Los niños gritan desde el parque. Ella es ahora la heroína. Una mujer normal, con moño, falda larga, gruesa rebeca de color calabaza y una bufanda que con el viento se agita diciendo hola a todos. El señor se rinde. Los globos también. Todos caen lentamente hacia el parque donde hay una pista de hielo. Los niños que patinan son los amigos de Oliver Twist, de Huckleberry Finn y de Cosette. También de Marius. Todos aplauden.

¿Qué dirección ponía en la nota?

Número 21 de una calle que es imposible de adivinar.

13.

Mamá se había puesto enferma y la casa del pueblo empezó a abrigarse de objetos y olores. Instalados en ella de nuevo, después de años vacía coleccionando fantasmas, la vida empezó a cocinarse poquito a poco. Y en esos paseos en los que la perrita y yo recorríamos el mapa local, calle arriba, calle abajo, surgió la idea.

—Quiero montar una librería.

Se lo dije a Nuria, que me esperaba con el pedido en la puerta de la droguería: gel de baño, colonia de litro, papel higiénico, jabón de lavadora y una fregona nueva.

—Esta zona se ha quedado muerta. Si tienes esa idea, hazlo aquí.

Ay, qué bien. Vecinos.

Su entusiasmo era efervescente.

Plantados en la esquina, fuimos mirando bajos que tenían la persiana echada desde hace años.

—Ese.

Un local que había sido una relojería y que mantenía el escaparate de principios de siglo XX.

—Es muy bonito, será barato. Apenas tiene unos metros.

—Pero los libros ocupan poco.

Cuando dije la frase pensé en las enciclopedias de mi padre, las que, año tras año, se habían ido acumulando en el estudio.

—Bueno, tú sabrás. Puedes dejar aquí las cajas.

Nuria ofrecía el corazón, la alegría y, sobre todo, la trastienda del negocio: un bajo enorme que, junto a la iglesia, atravesaba el edificio casi hasta la calle de atrás.

La mirada de los sueños por cumplir fue en ese momento un motor que empezó a contagiar las mañanas de café y las tardes de merienda. El ir y venir a casa era una excusa para seguir mirando bajos donde instalar mi futura librería. ¿Aquí? Ojalá ahí. Se corrió la voz. Y al mismo tiempo que la noticia iba de boca en boca, también se iba formalizando el sueño. ¿Qué hace falta? ¿Qué documentación? ¿Qué programas? ¿Qué distribuidora? ¿Qué elementos para la caja? ¿Qué libros gustarán?

El paisaje empezó en ese momento a cambiarse por el paisanaje: observar las caras como en una partida de mus. Un juego Cluedo, tal vez. ¿Quién tiene cara de lector? ¿Es esa mujer que arrastra el carro con naranjas una posible lectora? ¿Qué le gustaría? ¿El hombre que pasea del brazo de su mujer será amante de los *thrillers* o de la novela histórica? ¿Y ese joven? ¿Aquella chica que mira su teléfono soñará con una historia romántica, con un cuento perfecto?

Un vecino y otro, encadenados invisiblemente, empezaron a ser, en esos días, sospechosos de asesinato. Todos eran presuntos culpables de leer. Pero ¿cómo se nota esa debilidad? ¿Quién tiene cara de lector? ¿Existe ese gesto?

Si no había habido librería en el pueblo, si los mayores solo recordaban un kiosco donde se prestaban libros, si solo permanecían abiertas dos papelerías con un pequeño surtido de novelas, la mayoría premios, ¿no era necesario el negocio o nadie lo había probado?

—Nuria, no sé qué hacer.

—¿Qué te apetece?

—Abrir una librería.

—Entonces... Vamos a seguir buscando local. ¿Has visto ya el de la vieja relojería?

—¿El de la esquina?

Por la tarde, la dueña, orgullosa de sus metros cuadrados y de los azulejos que tapizaban las tres paredes, me levantó la persiana. Apenas cabíamos los dos. Bajo el escaparate, un pequeño armarito; tras la puerta, un miniaseo en el que uno podía mirarse imitando a un personaje del *Hobbit*. Una ventanita. ¿Cuatro, cinco metros?

En esa bombonera empecé a edificar el sueño. Pondría un cartel como el de Coixet en la fachada, tapando la pared simplona de la izquierda, un banco de madera con un cajón al estilo de las librerías inglesas o francesas, y decoraría el escaparate de cristal ovalado con los títulos que más llamaran mi atención. Dentro, cabrían, a lo sumo, cuatro estanterías sencillas hasta el techo. Tras el mostrador, dos cajas. Tres, tal vez, bajo el ventanuco. Un ordenador y una lámpara bonita.

¿Quién va a hacer cola en una librería? El espacio es mínimo, prudente para un lugar donde no ha habido nunca ese tipo de negocio.

«No crees que quedará bien», me decía en sueños. Y mi perra, acurrucada entre las piernas, levantaba la cabeza con una mirada indescifrable.

14.

Paradójicamente, el pueblo, dormido en un frondoso valle, había vivido del papel. A lo largo de sus ríos habían nacido papeleras que, a riesgo de destrozar la belleza del agua y de sus veredas, habían dado riqueza al municipio. Pero la época gloriosa había acabado. Abandonadas, las fábricas eran ahora edificios muertos que iban pidiendo a gritos ser demolidos para devolver el encanto al río. Una de ellas, la más hermosa, la que fue molino donde se trituraba la pulpa de celulosa, se había reconvertido en biblioteca. Todos los libros de aquel primer lugar al que iba en busca de Pippi Långstrump y de los misterios de Hércules Poirot habían sido trasladados al viejo molino, acicalado y vivificado en su historia. Una imponente fachada daba la vuelta al destino: allí donde se masticaba papel, ahora se almacenaban miles de libros. Y quiso el azar que aquel joven bibliotecario que pedía silencio tras el mostrador creciera con la metamorfosis: ahora era un señor calvo en bicicleta que seguía al frente de todas las historias de alquiler. El encargado era inmortal, como los personajes que mimaba desde los anaqueles.

A veces la vida da giros inesperados para devolver todo a su lugar.

15.

«Es realmente valiente lo que propones, una librería».

Para convencerme o tan solo para animar el relato, dispusimos sobre la mesa del bar de la plaza del pueblo en el que estábamos tomando un vino siete u ocho fotografías de librerías parisinas. En una de ellas, creo recordar de la rue du Seine o una paralela, seguramente Bonaparte, próxima al Pont des Arts, había una que llamaba poderosamente mi atención. Con el tiempo ha sido adornada con un toldo rojo que le hizo perder la belleza clásica de aquel azul de Prusia que tanto me gustaba. Pero la imagen que yo tenía impresa conservaba todavía la pureza del inicio, sin guarnición y con la sencillez de la vieja usanza. «Así debería ser, ¿verdad?», creo que dijimos.

Esta es la crónica de aquel inicio. Algunos pueden llamarlo gesta, pero lo cierto es que tiene mucho de fábula.

El vino nos sentó bien, animó la charla, engordó el deseo y empezamos a visualizar los libros dispuestos en el escaparate, con alguna máquina de escribir y una lamparita Tiffany que pusiera calidez a las novelas. «Y un ramo de flores frescas», decíamos mirando los ejemplos franceses. «¡Y fotografías de escritores, momentos especiales, algún cartel antiguo, un calendario de hoja, postales con frases de autores, míticas, épicas...!». «¡Y en el centro un candelabro diferente que ejerza de eje alrededor de la mesa central donde estén las novedades!». «Vale, vale, vale». El vino, sin ánimo de invitar ahora a abrir una botella, es un generador de ideas. O muy seguramente, pone sobre la mesa todas esas que circulan atropelladas entre el corazón y la cabeza. Verbalizamos todo aquello que sería la librería. Y en alguna pausa, propia de la tarde, de las horas y del tinto en los labios, se escuchó la música que hoy suena en el altavoz. Era música francesa, sí. Algo de Yves Montand, las hojas muertas. El silencio sirvió para mirarse, para sonreír con la complicidad del negocio que nacía y para visualizar todo lo que ahora es.

En alguna de esas fotografías de inspiradoras librerías parisinas —todas de madera pintada— se me ve en el reflejo del cristal, entre ediciones de Gallimard, sobrias y elegantes, y otras portadas de tipografía austera. En otras, paseantes, *flâneurs* o turistas cruzan delante de las fachadas, inmortalizados a su ritmo, paso largo, tiempo lento o fugaz en bicicleta. Unas con fachadas grises, tonos lavanda, azules de muchos tonos, verdes como jardines, berenjena o vainilla. Maderas con la belleza de la vejez, cuidada por los dueños con hermoso mimo, testigos de la

LE PETIT

historia. En esos paseos que retrataban esas instantáneas ahora repartidas en la mesa, había una clara búsqueda de la belleza, también de la esencia de una librería tal y como uno la imagina en su cabeza, una galería de prototipos delicados y sofisticados entre los que elegir.

La idea que había nacido estaba ahí, con forma de tienda antigua, anclada en el XIX y con aire tradicional, discreta, romántica y perfecta. Rue Jacob, Rue Bonaparte, Rue de Seine, Dauphine... incluso servía para todo el sueño la hermosa fachada de una librería vinoteca de Le Marais de hermoso nombre: La belle Hortense.

Todo eso era inspiración.

No hay explicación racional que comprenda que al ver esas imágenes una canción de una caja de música comprada en Montmartre suena invisible y se filtra como el aroma de un ramo de rosas. O lirios. Los mismos que empezamos a poner cada día en el mostrador de la librería para que se mezclara con el hermosísimo aroma del papel nuevo. «Qué bien huele en la librería», empezó a escucharse cada día. Pero bueno, eso vendrá después.

Algún psicoanalista esclarecerá que fui construyendo poco a poco un escenario en el que ser feliz, donde la idealización y la fantasía son la metáfora de una vida no vivida, y que por algún mecanismo infantil fue creciendo en aquella habitación donde leía. Se me quedó grabada en la mente la ventana desde la que veía la calle, una de varios cristales cuadrados que podría recordar a la de Louisa May Alcott o a la de Charles Dickens. La mía era de hierro pintado de marrón café con leche; la que visualizaba era de madera pintada de colores, como todas esas librerías de las fotos. También había alfombra. Flores. Fotos. Y velas. Los sueños que se han ejercitado mucho se multiplican en un caleidoscopio que estalla o florece en algún lugar de nuestra vida. O en algún momento.

Había llegado el día.

16.

El alquiler de la pequeña relojería se disparaba de precio. Era absurdo pagar por un cuchitril en el que solo entraría Moby Dick. De imaginar a la familia de Pascual Duarte o a los personajes de García Márquez, todos en fila, me entraba risa. Le dijimos que no a la propietaria. Nanay. ¿Qué se creía, que Caperucita dejaría Manhattan para entrar a darse codazos con la Reina de las Nieves? Martín Gaite no lo permitiría. Y menos, Miss Lunatic.

Mi pequeña librería podía ser una bombonera, pero no una abreviatura. Comprimir en ese lugar a Platero, Bukowski, Capote y Kafka era un conflicto, no una aventura.

El esquinazo blanco por el que habíamos suspirado se convirtió en un bah.

—Gracias, no nos interesa —respondí yo.

A mi amiga Nuria, que regenta la perfumería de la plaza, le empezaron a brillar los ojos y me dijo que luego me llamaría por teléfono. «Un lugar perfecto», oí que murmuraba con su marido mientras yo contemplaba cómo la dueña de la relojería se iba con aires de tú te lo pierdes.

Abrí mi agenda, en las últimas páginas dibujaba el proyecto: un banco en la puerta, una cesta, un ventanal grande de cuarterones, nieve, faroles cálidos y unas letras en dorado con el nombre de mi pequeña librería. Durante esos minutos pasó una eternidad, como cuando en las novelas escriben «después de unos años...».

—Pepi ha dicho que sí.

—¿A qué te refieres? —pregunté.

—El horno frente al ayuntamiento, permanece cerrado y se han jubilado. Ha dicho que sí, que para ti. ¿Qué te parece?

—A mí me encanta, pero del hermoso agujero no podemos pasar a la zona noble de Versalles. Hay un término medio.

—Dice que te quedes lo que tú quieras. Que escojas los metros que necesites.

Silencio.

—Pero ¿de verdad puedo hacer eso?

—Sí. Ella está encantada. Y su marido, Jesús, también.

—Sí, sí. Los conozco. Maravillosos. Recuerdo los cruasanes que hacían, los mejores de París a cinco mil kilómetros.

—Vamos a decir que sí.

—¿Vamos?

—Yo estoy tan animada como tú para levantar una librería.

—Vale, ¿podemos ir a verlo?

—Cuando quieras. Será genial. Es el sitio perfecto, en el corazón verdadero del pueblo.

—A ti se te va la olla, pero te adoro. No sé cómo lo has hecho.

—Solo he dicho que era para ti.

Una espiral de estrellas nos elevó como a Dorita en Kansas; hasta la perrita que dormía a mis pies, ajena a los desvelos de cuatro amigos, movía la cola a la altura del campanario. Creo que dio con el hocico en las campanas y sonaron en ese momento anunciando la buena nueva, o el sacristán tocaba a misa. Qué más nos da la realidad para expresar en esta ficción que todo se había puesto en orden y que habíamos elegido el kilómetro cero de la felicidad.

No tardaron en abrirnos las puertas. Desde dentro del viejo horno apareció la dueña con una sonrisa, o al menos lo recuerdo así, y una bata de ir por casa. La perra fue la primera en colarse en el interior. Husmeaba restos de harina, lameteaba azúcar seca y jugueteaba con el sinfín de trastos que se había ido acumulando en la dejadez. Sin embargo, parecía perfecto. Lo era. Lo es. En la última etapa de trabajo los hijos habían

PETIT DÉJEUNER

dejado de ayudar y el matrimonio de panaderos no podía hacer frente al negocio, por la delicada salud y los horarios que requiere abrir y cerrar una tahona. En una idea peregrina le dije si podía quedarme «hasta aquí», y señalé una línea imaginaria hasta el suelo. «Aquí podría ir la pared, lo demás lo conserváis vosotros». Y así fue como dibujamos el espacio necesario. Eran veintitantos metros al azar que serían suficientes para que Faulkner, Delibes, Chacel y Foenkinos tuvieran su oxígeno. «Y yo», dijo Ana María Matute en mi hombro. Fue cuando la sentí a ella a mi lado cuando la librería fue Librería. Y dejó de ser un espacio sombrío, con sacos abandonados y un calendario parado en una fecha incierta, cuando los metros cuadrados fueron llenándose de baldas hasta el techo, unas luces fluorescentes y un suelo radiante. A la cegadora luz de la imaginación, se unió la de la calle, donde acabamos cerrando el trato.

—¿Y bien? —preguntó el humilde Jesús.

—¿Te gusta? —preguntó la encantadora Pepi.

—Maravilloso. Para mí. Creo que puede quedar muy bien. Ni mucho ni poco. El tamaño perfecto. Allí —dije, volviéndome hacia el fondo— construiremos el baño, y toda esta fachada será...

Silencio de nuevo.

Las fotografías que había traído de mis paseos por París cobraron vida.

17.

Empezaron los cálculos. ¿Cuántos libros hay que vender para mantener una librería? ¿Qué beneficio queda de cada uno? Hablábamos y pensábamos, discutíamos, pero siempre con el delirio acertado de que era una buena idea. No era irrealizable. No sería una ruina. Sería un hogar para todos los lectores. ¿Cómo se calcula cuántos libros necesitamos? Yo llamo por teléfono a la editorial. Conozco a un comercial que me ayudará con todo eso que ahora suena a chino. Fueron días de nuevos números de teléfono, de nombres apuntados en una agenda, de compras, de anotaciones en una libreta y de pasar una y otra vez por la puerta del horno para visualizar vagamente aquel sueño. No había marcha atrás.

La escritora argentina Andrea Stefanoni, gestora durante muchos años de la librería más hermosa del mundo, el Ateneo Grand Splendid de Buenos Aires, y dueña ahora de La Mistral de Madrid, nos invitó a su hogar. Todas las explicaciones parecían un libro sin traducción, pero ella a todo decía que sí. Intentaba hacer memoria, escribía como un lince en la libreta, la veía lúcida en sus cuentas, se notaba que sabía y quería transmitirlo así. Dejó mucho a la nota al margen, porque seguramente en esas acotaciones —por ahora invisibles— estaba la gracia de montar una librería.

—Bueno, vamos a ver, en resumen. La distribuidora puede ser una o varias. Los libros se pueden devolver pasados tres meses. Las novedades hay que pedirlas por adelantado. No todas, no es necesario. Hay demasiado nacimiento. Los clásicos hay que tenerlos. Y hay que tener un libro fetiche, o dos. Ese que puedes recomendar a todos.

—¿Cuál es el tuyo? —le pregunté.

—*Las primas*, de Aurora Venturini, es una delicia. Piénsenlo.

Bien, en eso tenía algo de tarea fácil. *La nieta del señor Linh*, *Platero y yo* o *En el café de la juventud perdida*.

—He pensado poner un sillón tras el mostrador, en una zona de trastienda que queda de lo que fue un horno.

—¡Estás loco! Jamás da tiempo a leer en una librería. Hay muchas cosas que hacer. Lo verás.

No hay sillón orejero. Tenía razón Andrea.

Mary, vecina del barrio, pasaba todos los días arrastrando el carro de la compra y con el pelo recién hecho de peluquería. Su tinte bicolor animaba los comentarios.

—¿Una librería? —preguntó, frenando el carro en una mañana de otoño—. Me dicen que esta reforma es para poner una tienda de libros. ¿Es verdad?

Yo asentí con una sonrisa de orgullo mientras la imaginaba pasando y eligiendo alguna cubierta bonita con alguna mujer de espaldas. Reconozco a los lectores como un tahúr.

—Pues... qué necesidad. No entiendo. Sería mejor una tienda de comestibles o una pescadería, por aquí no hay nada fresco.

—Tienes razón. Por aquí no hay —dije, convirtiendo mi sonrisa en mueca.

—¿Libros? ¿Novelas y... eso?

—Sí, Mary. Libros, novelas y todo eso.

—Pues no me verás por aquí.

—Bueno, pero nos hará ilusión que pases por la puerta y poder darte los buenos días.

—Eso nos daremos. Los buenos días. Mucha suerte, bonico.

Que os vaya bien. Pero no me verás... No me gusta mucho... Leer.

Entendí de lejos «leer». Cerré la puerta y miré el cable donde iría colgada la lámpara, que como la de Aladino llegaría muy pronto para presidir la librería. ¿Y si tiene razón? ¿Y si nunca ha habido librería porque nunca han necesitado leer? ¿Y si el pueblo solo se ha acostumbrado a triturar papel para hacer celulosa y no tiene ganas de ver esa pulpa convertida en libros? Me senté en el escalón de la puerta con un café con leche del bar en vaso de cartón. Leí el sobre de azúcar.

«No hay nada como un sueño para crear el futuro».

Victor Hugo.

Media hora después estaba pidiéndome otro café, este acodado en la barra de Rosales. «Otro» —dije. «¿Igual?» —respondió con la pregunta. Estuve por decirle: «Y elígeme un mensaje que me haga fluir, que una señora me ha dicho que...».

—Toma. ¿Vais bien?

—Estoy contento —le dije a Emilio.

—Y yo, qué bien que haya una librería cerca. Animará el barrio.

—Eso me dice Nuria. Está encantada. El local lo he conseguido por ella.

—Irá bien. Confía.

Abrí el sobre de azúcar sin percatarme de la frase. Quedó cortada sobre la barra.

«Dejemos que el futuro diga la verdad».

Nikola Tesla.

18.

Mamá me sonríe.

—¿Cómo va la librería?

Le digo que bien, que están los albañiles haciendo un muro para separar la trastienda del viejo horno, que deben poner conductos para el aire y agujerear el suelo para crear un aseo. Los electricistas andan por el techo como Peter Pan cambiando los cables de la luz, pondrán unas nuevas bombillas y suficientes enchufes por si queremos conectar lámparas en las estanterías o luces de Navidad. Desde el primer momento veo un árbol en la esquina del escaparate, allí habrá espacio para dejar regalos, para montar un nacimiento y colgar la estrella de los Reyes. La ilusión evita poner el foco en el yeso del suelo, en los cables cortados y en el desastre de carpintería.

Cuando terminan la jornada los obreros recorremos el local, me figuro el mostrador e intento imaginar cómo se verá la vida desde ese punto.

En el escaparate hay un papel de estraza para evitar las miradas de los curiosos que todos los días pegan su cara al cristal; con un rotulador escribo: «PRÓXIMAMENTE: La librería de Doña Leo». En ese momento parece que todo se despeja en la cabeza, el cubo de pintura desaparece, la escoba, las bolsas de escombros, los azulejos rotos... y se ve blanca y llena de libros.

—Irá bien —dice mamá en casa, mientras preparo la comida—. Sé que va a ser un éxito.

Hace no tanto íbamos juntos al kiosco donde había ofertas de libros coleccionables. Siempre comprábamos los dos primeros porque luego subía el precio, así fue como me regaló *Platero y yo*. Así fue como llegó *La guerra de los mundos*. En casa, junto a la *Historia de Utiel*, que es tan gordo que sirve como ladrillo sujetalibros, está la Biblia, el *Quijote* y un ejemplar de *Grandes vidas, grandes hechos* que parece sacado del *Reader's Digest*, en el que destacan las peripecias de Charles A. Lindbergh en un aeroplano, Benjamin Franklin o Magallanes. Vuelvo a abrirlo, saludo a Mark Twain y me imagino el río, sus días de verano, los rayos abrasadores del sol, una cerda con sus lechoncillos, las gallinas que picotean aquí y allá o un escuálido perro. De repente, al entrar en el texto todo es animación y bullicio. Los adormilados dependientes salen a la puerta, los caballos galopan en dirección a la ribera. El barullo dura unos diez minutos. Un barco iza la bandera, despide por las chimeneas un humo gris y zarpa. Cierro el libro.

Entre una foto de la abuela y una estampa de la Virgen del Remedio sigue *La torre de Babel*, *Los cipreses creen en Dios* y *La vida sale al encuentro*. Son tres ejemplares mortecinos, con letras que fueron doradas y cubiertas de vivos colores. Ahora están apagadas por el humo. Tal vez el de Missouri.

—¿De dónde eran esos libros, mamá?

—Me los compraba yo. En la Puerta del Sol vendían de todo, un kiosco. Mira a ver si lo pone.

Al alcanzarlo, se cae. La encuadernación está débil, se descubre el pegamento del lomo. Aparece un billete de una peseta, una estampa del Cristo de Velázquez y un calendario de 1967. Es curioso cómo ha pasado el tiempo, mamá no aguanta el libro en las manos y vuelve a cerrar los ojos, cansada. «He dormido poco», me dice antes de caer rendida en el sillón. En sus manos firmes y jóvenes estaban las historias que leía, las que compartía con sus amigas y las que compraba de editorial Austral, asequible. Hace no mucho teníamos tiempo de leer juntos, pasábamos horas frente a una novela y me parecía bonito aquel silencio. Hoy lo sé.

Hoy soy capaz de entender la belleza de la imagen: una madre y un hijo que leen. Nada más.

La librería es un ejercicio de justicia poética.

Me doy tres semanas para que acaben las obras, para convertir el viejo horno en una librería. Navidad sería una fecha perfecta para inaugurarla, el encargado de la reforma dice que sí, el carpintero también, el electricista no pone problemas. Ahora que empieza noviembre parece que todo se acelera, solo falta que acaben, que monten las estanterías y que lleguen los libros. Pero no es solo eso. Internet, tiques, tarjeta, ordenador, cajón para el dinero, impresora, papel para envolver, celo, cuenta corriente, registro, licencia del ayuntamiento, gestoría, alarma, ay. Recuerdo en ese momento las palabras de mamá.

Sonrío.

19.

El tiempo empieza a comportarse de otra manera. Es curioso, todo va más lento y al mismo tiempo parece que hay prisa, o al revés. La cabeza es una hoja de agenda en la que todo baila: horas, citas, encargos, presupuestos y preocupaciones. La ilusión empieza a quebrarse con la lentitud de las obras. Más aún, cuando todo está encauzado, cuando parece que el local ha dejado de ser el viejo horno de azulejos y harina reseca, surge la llamada.

—Debéis echar abajo el baño.

—Pero... ¡si lo acaban de construir!

Las medidas, las ordenanzas, el arquitecto municipal y otras zarandajas no coinciden. Lo que dijeron en un principio no sirve. Es al revés. Ahora la rampa de entrada deberá ser portátil y el aseo, adaptado. «Y con esto ¿qué hacemos?», pregunto atarantado.

Nada. No sirve.

No lo entrecomillo porque no recuerdo ni quién lo dijo, ni cómo lo dijo ni qué estado de nervios brota en ese instante de incertidumbre.

Aviso al jefe de obra. No sirve.

¿Cómo?

Que no sirve. Que hay que volver a empezar.

Pero ¿qué quieren?

Justo al revés.

¿Al revés?

Al revés. El baño será público y... bla bla bla. *Words words words*, como Hamlet. Me agarro a un libro que llevo en el bolsillo del abrigo como una monja a su misal. Hay una voz que me dice que Hamlet lleva otro ejemplar en sus manos cuando su madre, la reina, le advierte: «Pero ved al pobre infeliz, leyendo tristemente». ¿Qué bálsamo médico hay en un libro? ¿Qué pócima llevan las letras que atraviesan la garganta y consuelan? ¿Cuáles son las que vivifican, las que estimulan, las que templan la fiebre, las que endulzan, mitigan, atenúan el dolor? ¿Tú lo sabes? ¿Por qué leer pacifica esa guerra interior? ¿Suaviza el problema que plantea el jefe de obras si releo, si toco las letras siguiendo el curso de su trazo, si me dejo llevar por la ese, por la zeta, por la eme? «¿Qué estás leyendo, señor?», le pregunta Polonio, a lo que el Príncipe de Dinamarca contesta con uno de los versos más simples y más hermosos de la literatura: «Palabras, palabras, palabras...». Sin embargo, lo que me apetece en ese momento es dormir o morir, no más.

Morir es dormir... y tal vez soñar. Sí, y ved aquí el grande obstáculo, porque el considerar qué sueños podrán ocurrir en silencio en el sepulcro, cuando hayamos abandonado este despojo mortal, es razón harto poderosa para detenernos. Esta es la consideración que hace nuestra infelicidad tan larga. ¿Quién, si esto no fuese, aguantaría la lentitud de los tribunales, la insolencia de los empleados, las tropelías que recibe pacífico el mérito de los hombres más indignos, las angustias de un mal pagado amor, las injurias y quebrantos de la edad, la violencia de los tiranos, el desprecio de los soberbios? Cuando el que esto sufre pudiera procurar su quietud con solo puñal. ¿Quién podría tolerar tanta opresión, sudando, gimiendo bajo el peso de una vida molesta si no fuese que el temor de que existe alguna cosa más allá de Muerte nos embaraza en dudas y nos hace sufrir los males que nos cercan; antes que ir a buscar otros de que no tenemos seguro conocimiento? Esta previsión nos hace a todos cobardes, así la natural tintura del valor se debilita con los barnices pálidos de la prudencia, las empresas de mayor importancia por esta sola consideración mudan camino, no se ejecutan y se reducen a designios vanos. Pero... ¡la hermosa librería! Mi pequeña librería. Graciosa niña, espero que mis defectos no serán olvidados en tus oraciones.

El jefe de obra me mira salmodiar. No me entiende.

El del ayuntamiento, tampoco.

Bajo las escaleras recitando el texto que me sé de memoria.

Hamlet en vena para conjurar un imprevisto.

—Y esto... ¿cuánto dinero será?

—Hay que tirar la pared, ampliar la de detrás, cambiar el tubo de desagüe, girar el...

—Vale, vale, vale.

—Esto retrasará la obra un tiempo, tal vez una semana, dos.

—Cuando dices dos es que pueden ser tres.

—Bueno... Escombros, licencia... Cambios. No sé. Procuraré hacerlo lo más rápido que pueda. No es culpa nuestra.

Hundo la mano en el bolsillo, hay monedas. Suficientes para un café con leche en el bar de la esquina.

20.

Al llegar a casa la chimenea está encendida, la leña arde con arrogancia, la luz dorada, naranja, filtra de belleza la cara de mamá. Está dur-

miendo en el sillón. La despierta una llamada de teléfono. Es un número largo. Hospital, se altera. «Contesta tú», me dice. Se aviva ella, se aviva el fuego, me avivo yo.

La resonancia es a las siete de la tarde. Próximo jueves. Mismo centro médico. El de siempre. Para no pensar abro una libreta y empezamos a escribir títulos de libros que deberán estar en las estanterías. El fondo, lo llaman.

Esto es lo que anoto:

1.- *Cien años de soledad*, de Gabriel García Márquez
2.- *El señor de los anillos* (trilogía), de J. R. R. Tolkien
3.- *1984*, de George Orwell
4.- *Un mundo feliz*, de Aldous Huxley
5.- *Orgullo y prejuicio*, de Jane Austen
6.- *Crimen y castigo*, de Fiódor Dostoievski
7.- *Lolita*, de Vladimir Nabokov
8.- *Ulises*, de James Joyce
9.- *Madame Bovary*, de Gustave Flaubert
10.- *En busca del tiempo perdido*, de Marcel Proust
11.- *Don Quijote de la Mancha*, de Miguel de Cervantes
12.- *El retrato de Dorian Gray*, de Oscar Wilde
13.- *Anna Karenina*, de L. Tolstói
14.- *El principito*, de A de Saint Exupéry
15.- *El proceso*, de F. Kafka
16.- *El ruido y la furia*, de W. Faulkner
17.- *Hamlet*, de Shakespeare
18.- *Lo que el viento se llevó*, de M. Mitchell
19.- *Odisea*, de Homero
20.- *Las uvas de la ira*, de J. Steinbeck
21.- *El guardián entre el centeno*, de Salinger

22.- *Cumbres borrascosas*, de Emily Brontë
23.- *El gran Gatsby*, de Scott Fitzgerald
24.- *Jane Eyre*, de Charlotte Brontë
25.- *Alicia en el País de las Maravillas*, de Lewis Carroll
26.- *Rebelión en la granja*, de George Orwell
27.- *Guerra y paz*, de L. Tolstói
28.- *Frankenstein*, de Mary Shelley
29.- *Cuentos completos*, de Julio Cortázar
30.- *Cuentos completos*, de J. L. Borges
31.- *Los pazos de Ulloa*, de Emilia Pardo Bazán
32.- *Cuentos de la selva*, de Horacio Quiroga
33.- *Los altillos de brumal*, de Cristina Fernández Cubas
34.- *Hotel world*, de A. Smith
35.- *Los viajes de Gulliver*, de J. Swift
36.- *La colmena*, de Camilo José Cela
37.- *Olvidado Rey Gudú*, de Ana María Matute
38.- *Matar a un ruiseñor*, de Harper Lee
39.- *A sangre fría*, de Truman Capote
40.- *El conde de Montecristo*, de Alexandre Dumas
41.- *El señor de las moscas*, de William Goldwin
42.- *Moby Dick*, de Herman Melville
43.- *Los miserables*, de Victor Hugo
44.- *Tess, la de los d'Urberville*, de Thomas Hardy
45.- *Huckleberry Finn*, Mark Twain
46.- *El caballero de Olmedo*, de Lope de Vega
47.- *Drácula*, de Bram Stoker
48.- *El extraño caso del doctor Jekyll y el señor Hyde*, de R. L. Stevenson
49.- *La dama de las camelias*, de A. Dumas hijo
50.- *Carmen*, de P. Mérimée
51.- *Cuentos completos*, de E. A. Poe
52.- *David Copperfield*, de Charles Dickens
53.- *Robinson Crusoe*, de Daniel Defoe

54.- *El nombre de la rosa*, de Umberto Eco
55.- *El extranjero*, de Albert Camus
56.- *El segundo sexo*, de Simone de Beauvoir
57.- *Sido*, de Colette
58.- *Los hermanos Karamazov*, de Dostoievski
59.- *El lobo estepario*, de Hermann Hesse
60.- *La divina comedia*, de Dante
61.- *El Decamerón*, de Bocaccio
62.- *El tambor de hojalata*, de Günter Grass
63.- *La insoportable levedad del ser*, de Milan Kundera
64.- *El perfume*, de Patrick Süskind
65.- *El amante de Lady Chatterley*, de D. H. Lawrence
66.- *Buenos días, tristeza*, de F. Sagan

21.

Al parecer se ha corrido la voz de que la librería será grande, comentan que no solo habrá libros, sino también un espacio de cafetería con sillones orejeros y cruasanes «recién hechos». Lo dicen así. Mamá también lo repite en su ensueño diario porque se lo han asegurado. Da igual que yo lo niegue. Habrá cafetería con sillones entre Crusoe y Sancho. Es *vox pópuli*.

La ficción que corre entre los vecinos acaba pareciéndome maravillosa, pero el albañil ya ha levantado el tabique y el viejo horno se divide en un almacén y lo que será oficialmente la librería. No habrá más. Tal vez una nevera para agua fresca, champán y alguna cerveza. Si es posible, una cafetera escondida en la trastienda para poder invitar, para hacer parroquia, para ser amables. Por si acaso. Jamás se pondrá en marcha esa máquina de expresos: sigue escondida en el baño. Pero esa es otra historia.

Todos dicen que la librería tendrá cafetería.

La imaginación es maravillosa y uno tras otro va aumentando el cuento: que tendrá sillones, que habrá lámparas de luz cálida, que toda la decoración está ya lista y que «va a ser como las librerías de las grandes ciudades». Muy francesa, añaden. El futuro modelo de negocio se ha disparado entre los vecinos. Ya es imposible negarlo en cada cruce de calle. La mentira viene dc la ficción, y la fábula siempre suele ser más bonita que la realidad. La leyenda, como en los mitos, tiene mucho de deseo. Y, en ese deseo que ha empezado a construirse, todos suman algo de belleza y de afán. Dejo que siga el delirio porque se parece mucho a la construcción de una novela. Plantado el inicio, arrancado el argumento, hay escenas que crecen de manera autónoma, como seres vivos que aparecen inesperadamente. Creo firmemente en el espejismo, en la fantasía, en la voluntad, en los anhelos, en la sed. Lo inesperado tiene mucho de deslumbrante, como esas florecillas que nacen en los bordillos.

La librería empieza a parecer ese verdín que mejora las aristas de las piedras abandonadas. El viejo horno comienza a convertirse en un recuerdo bonito y, en su lugar, nace el nuevo espacio. A veces Pepi y Jesús se sientan en la puerta con dos sillas, han visto cómo los años se les han echado encima, los veo mirar de reojo la puerta, por la que tantas veces entraron y salieron, saludaron a clientes que buscaban bizcochos y pan recién hecho, crujiente. Eran famosos sus dulces, su tarta de almendra. Pepi se recoge las manos en la falda, suspira, tiene el cuerpo cansado, las piernas no van bien, «los remos», dice. Ha navegado mucho, ahora no tiene que madrugar, ni romper mil huevos y batir las claras para el merengue; ahora juega con el anillo girándolo mientras Jesús calla.

Doña Leo, mi perra, se sube a sus piernas.

—¡No os he visto venir!

—He quedado con el electricista, van a cambiar los plafones.

En ese momento parece que tienen algo que decirme los dos.

—Maxi —arranca Pepi. Jesús tiene el gesto turbado—, queríamos preguntarte si en verano, cuando lleguen las fiestas, podremos poner unas sillas para ver los pasacalles.

Hay algo de derrota en la pregunta, como si hubieran perdido el derecho a sentarse por dejar el negocio.

—Por favor, Pepi... —me siento con la perra en el bordillo sucio—, claro que podréis. De hecho, ponme sillas para mí. Veremos la cabalgata juntos. Y la ofrenda.

—Ay, si nosotros con dos nos sobra, para él y para mí. Jesús asiente. Es un buen hombre. Tímido.

Me dan ganas de abrazarlos. Creo que le doy un beso a Pepi. Pero no lo recuerdo bien ahora porque desde ese día nos hemos dado muchos. La librería no será el adiós al horno, al contrario: será la continuación de un lugar. Lo importante es el punto en el que está. La vida ha pasado frente a ese punto del pueblo. La plaza, el ayuntamiento, la vieja posada, el santo escondido entre los sacos de harina durante la guerra civil.

La librería se llenará de historias, pero también será una hoja en blanco para que sucedan otras. Esas que se quedan escritas en el aire.

22.

«Hay que inventar la vida porque acaba siendo verdad». ¡Mi querida Ana María Matute! En su último año de vida tuve el infinito placer de conocerla. Yo había ganado el Premio Primavera de Novela con *La noche soñada*, era 2014 y los hilos de la literatura eran débiles, como los de una mala tramoya. Sentirse lector es fácil, saludable; sentirse escritor es de osados. Pero me premiaron. Y fue ella la encargada de llamarme a casa desde la Real Academia de la Lengua. Era mediodía. Hora de la comida porque al sonar el teléfono bajé el fuego de la cocina, tenía unos fideos hirviendo en la olla. Su voz al otro lado del auricular fue la que deben tener las hadas. Un saludo atropellado, un hola qué tal, un gracias y un... no me lo puedo creer, doña Ana María. La mujer de los cabellos blancos me preguntó qué estaba haciendo y, sí, le dije:

—Fideos.

—¿Para comer?

Asentí con un hilo de voz.

—Pues celebra porque has escrito una novela ganadora.

Luego supe que ella valoró mucho los personajes que rodeaban al protagonista, Justo Brightman, porque eran herederos de Dickens. Por eso el primer abrazo que le di fue con carácter retroactivo, agradecido y feliz, satisfecho y turbado ante la belleza de su gesto. La sala que aplaudía mi nombre desapareció y me quedé a vivir en ese abrazo. Conservo una foto. Una instantánea mala, sin calidad, de algún móvil que, raudo, disparó a ese epicentro de emociones. Me instalé con ella después de los discursos y las explicaciones a la prensa y al público asistente al Ámbito Cultural.

—Pídeme un vino blanco —me dijo.

—Está la prensa allí, esperándome —justifiqué.

—Tendrás muchos años de entrevistas... Ahora quédate conmigo. Y el vino..., no te olvides.

Brindamos por los niños lectores que habíamos sido, ella en los años treinta, yo en los setenta. Me dijo que adoraba a Errol Flynn, «sobre todo en mallas verdes, como un elfo». Y yo dije que a Ava Gardner. Nos enredamos en mitos y cuentos, como un azorado y divertido juego de nostalgias de pimpón. No recuerdo mucho más. En la entrega del premio, en el Matadero de Madrid, ella estaba sentada mirándome desde su silla de ruedas. Poco después se fue para siempre. El 25 de junio de 2014, mientras yo esperaba en una parada de metro en la que habían colocado la obra premiada en grandes carteles. Desde el interior de la tierra me enteré de su muerte. Y recordé su frase: vive, vive, vive.

No sé si esto ya lo he contado. Pero, si es así, es bonito recordarlo.

También una de sus frases:

«El mundo hay que fabricárselo uno mismo, hay que crear peldaños que te suban, que te saquen del pozo. Hay que inventar la vida porque acaba siendo verdad».

Yo también, como ella, siempre he creído que la imaginación y la fantasía son muy importantes, que debemos ejercerlas, porque forman parte de la realidad de nuestra vida. Por eso me inventé mi pequeña librería. Nunca me he desprendido de la infancia, del niño que leía en el buró de casa, del que buscaba cabellos rojos en los libros de la biblioteca, del que dibujaba cuentos, hacía portadas y grapaba todo como en una modesta editorial de habitación, celo y pinturas. Se es de donde se quiere ser —¿verdad, Ana María?—, y se pertenece a quienes se desea pertenecer. Elegir la infancia como lugar de vida se paga caro. La inocencia es un lujo que uno no se puede permitir y del que despiertas a bofetadas.

Mi lujo era, es, el número 21 de la calle Cid. La librería de Doña Leo.

23.

—La fachada será azul.

Todos miraban la obra casi acabada y las lijas de los carpinteros ajustaban las imperfecciones de la puerta y el escaparate. La madera de barco con la que fue construida lucía perfecta, virgen y con el dibujo de las vetas que hablan de la historia de los árboles con los que se ha edificado.

—¿Azul?

—Azul, azul de Prusia.

—Pero si está tan bonita de color madera. Qué pena.

Cuando las pinceladas empezaron a cubrir las ondas del veteado unos y otros comenzaron a parar frente a la fachada. Había suspiros, algo de desconcierto y mucha expectación. Yo miraba el trabajo embobado, como los niños de los cuentos de la Matute. O como la Caperucita que cruza el bosque hacia el Manhattan de Martín Gaite.

El azul fue llenándolo todo, inundándolo como el *acqua alta* de Venecia. Olvidando el pasado y creando el universo nuevo.

Fue un día, otro..., uno más. Las capas de agua debían ser muchas, hasta que Prusia conquistara el bosque con el ejército de pinceladas.

24.

El tiempo olía ya a Navidad.

No es metáfora. En La Perdiz o bajo Patrón tomábamos chocolate caliente. Los hornos desprendían aroma a azúcar y anís. El eucalipto de los adornos de la florista iba llenando jarrones y guirnaldas. La iglesia sacaba el viejo belén y Luisito el sacristán entraba y salía con corcho y papeles de estraza para arrugar y construir rocas donde esconder pastores.

Poco a poco fue apareciendo la decoración en los balcones, las calles se iluminaron con coronas de bombillas, los niños enseñaban los dientes llenos de caramelo y los maestros, sus dedos manchados de colores y pegamento. Las ganchilleras terminaban su árbol de crochet para la Plaza del Pueblo, orgullosas. Y el encargado de la obra daba la mala noticia.

—No podréis abrir en Navidad. No da tiempo.

El suflé de amor se bajó.

El sueño de inaugurar en fiestas se fue por la alcantarilla.

Habría que esperar.

25.

Cuento de Navidad de Dickens había llenado todas mis Navidades desde niño. Con miedo o interés, esperaba la llegada de los fantasmas del pasado, presente y futuro en alguna de esas nochebuenas en las que después de cenar dormía pensando en los regalos. En el pasado había un niño frente a su libro, en el presente, una librería sin cristales, y en el futuro se elevaba una vida feliz —enamorado— eligiendo novelas que los lectores abrazarían en casa.

El fantasma del futuro no llegó a aparecerse. Así que empecé a cerrar puertas del pasado para que se abrieran las del porvenir.

El pasado era una vida en Madrid que todavía tenía ecos de sociedad y brillos de focos televisivos. «El pasado es la única cosa muerta cuyo aroma es dulce», decía el escritor Edward Thomas.

En ese momento, a la espera de cajas llenas de libros, solo pude pensar como Shakespeare: el pasado es un prólogo.

Y ya.

Todo lo anterior, todo lo vivido solo era un preámbulo para la vida actual, el encabezamiento de mi nuevo cuento, la advertencia incluso. Ahora empezaba el nudo de la historia.

¿Por qué no pensar así?

¿Por qué no imaginar que todo el pasado es solo la obertura musical de la canción que vamos a bailar?

¿De qué sirve sentarse en el sofá con un pasado brillante si no ponemos la mirada en la ventana?

A Ebenezer Scrooge, el avaro empresario amargado de Dickens, lo visitan los tres misteriosos fantasmas en Nochebuena. Pero el del futuro es el que le cambia la vida para siempre.

Dickens es referencia. Dickens estará en la librería.

El pensamiento es diario. A pesar de tener una vida frecuentada por las desgracias, el novelista inglés fue un escritor de éxito. *Grandes es-*

peranzas, Oliver Twist, Historia de dos ciudades... El pequeño Charles no recibió ningún tipo de educación hasta los nueve años, cuando por fin entró en la escuela. A partir de entonces, y gracias a un licenciado de Oxford, empezó a enamorarse de los libros. Cuando estaba fuera de casa leía sin parar. Elegía novelas picarescas de Henry Fielding, su escritor favorito. Pero, en medio de una de esas tardes de lectura, la vida se da la vuelta, justo cuando parece que todo empieza a mejorar. Tal y como sucede en sus historias. El padre de Dickens es encarcelado por unas deudas y la familia tiene que irse a vivir con él a prisión, algo habitual en la época. El niño Charles se queda en una casa regentada por la señorita Roylance, en Little College Street. Los domingos va a misa y visita a su familia en la cárcel. Qué tristeza. Como un Copperfield, empieza a trabajar a los doce años en una fábrica de betunes. Se pasaba diez horas al día pegando etiquetas en los botes de betún. Le pagaban seis chelines a la semana. Y con eso pagaba la habitación de la señorita Roylance. Lo que sobraba iba a prisión, para ayudar a su familia. No dejó la fábrica ni cuando el padre consiguió la libertad, algo que Charles nunca le perdonó.

Todas esas experiencias quedaron reflejadas en su novela más autobiográfica, *David Copperfield*. El protagonista exclama en un momento de la historia: «Yo no recibía ningún consejo, ningún apoyo, ningún estímulo, ningún consuelo, ninguna asistencia de ningún tipo, de nadie que me pudiera recordar. ¡Cuánto deseaba ir al cielo!».

En su epitafio de la abadía de Westminster puede leerse:

«Fue simpatizante del pobre, del miserable y del oprimido».

Ana María Matute, también. Y por eso sus personajes tenían esa fortaleza que solo nace de haber sufrido. Niñas que, como ella, estaban castigadas en la habitación a oscuras. La escritora pinta la infancia y la adolescencia como nadie, todas esas variantes de la soledad tan peculiares en el desarrollo humano. Adultos antipáticos, niños necesitados de cariño, efervescentes. Ella misma lo afirmó: el adulto no es sino lo que queda del niño. Huérfanos, familias incompletas, aislamiento, desigualdades, conflicto, traición, desilusión..., paraísos inhabitados. Recuerdo ahora a Paulina, la huérfana sensible y solitaria del cuento, la inocencia radical, soñadora, sincera, sencilla, enfermiza. Ya se dijo: el que sabe de dolor, todo lo sabe.

26.

Hace mucho tiempo compré una plaquita en una tienda de París que tenía el nombre de Pauline escrito en letras blancas. Recuerda mucho a

los carteles que rotulan tan característicamente las calles de la capital francesa. La rescaté en esos días de Navidad. Desempolvé también una en la que ponía Dominique, personaje de mi novela *No me dejes/Ne me quitte pas*. A puerta cerrada, borracho del olor a pintura fresca, decidí que Pauline, por recordarme a la escritora de los cabellos blancos, estaría en la zona de cuentos para niños. Dominique, como propietario de la floristería L'Etoile Manquante, junto al mostrador. «Siempre habrá flores bajo el nombre», dijimos.

Doña Leo y yo salimos caminando felices a la calle. Las cosas empezaban a encontrar su sitio.

27.

Mamá volvió a contarme el miedo que le generó haber leído *Genoveva de Brabante*, el cuento que le regalaron de jovencita unos tíos que tenían una imprenta en Puerto de Sagunto. Con el libro en las manos, que rescaté de unas cajas viejas llenas de trastos, se emocionó relatando de nuevo la historia de la pobre Genoveva.

Cuenta que era la esposa de Siegfried de Tréveris, y que fue acusada falsamente de una infidelidad por el mayordomo. Genoveva fue condenada a muerte, el verdugo la perdonó y se quedó viviendo con su hijo en una cueva alimentada por una corza. Siegfried se entera de la traición del mayordomo, descubre que la infidelidad es infundada, y sale a buscarla al bosque. Allí está la pobre, en la cueva. La edición que conservamos da verdadero miedo: la mujer arrodillada en la cubierta, con su bebé crecidito, el pelo largo hasta el suelo, rezando frente a una cruz anclada en dos piedras.

El libro, cuenta mamá, la marcó para siempre. María de Brabante, la verdadera, no la de la ficción, fue declarada culpable y decapitada. Luego se demostró que era inocente.

La novelita, la leyenda, había marcado a todas las amigas en los años cincuenta en esa España complicada en la que una acusación, ya fuera falsa o verdadera, podía llevarte a otro tipo de cuevas.

«¿Quién me mandaría leer este libro?», se lamenta. «Un dolor seguido, seguido. No me lo he quitado nunca de la cabeza».

Mamá me pidió café con leche después de volver a rememorar el drama lector de su juventud.

Me quedé pensando en la fortuna de la literatura, capaz de salvar a un personaje, darle una vida entera, convertirlo en protagonista o, sí, amargar a toda una generación de lectoras. Tenerlas prevenidas. Mujeres en alerta. Adoctrinadas. Temerosas. Mujeres que se casaban con miedo.

Cuando nos terminamos el café, sin posos que leer en la taza, seguimos hablando de libros que nos habían marcado.

—*La tía Tula* –dijo rápidamente—. Cuando la hermana va a morir, le pide que cuide de sus hijos y que se ocupe de que no tengan madrastra. Gertrudis trata a sus sobrinos como hijos, pero rechaza al cuñado como marido. Qué tremenda, qué tremenda... ¿Unamuno?

—Sí, mamá. Miguel de Unamuno.

—Qué mujer tan áspera.

—Es que te leíste todos los dramas...

—Lo que había, la vida era eso.

Pronto me viene el poema de Gil de Biedma a la cabeza, y lo recito de memoria, mirándola dormirse calmada en el sillón.

> Que la vida iba en serio uno lo empieza a comprender más tarde
> —como todos los jóvenes, yo vine a llevarme la vida por delante.

Esa misma tarde, antes de que esté la librería acabada, a falta de estanterías, de libros y de iluminación —casi todo está listo—, me subo a una

escalera y coloco una balda sobre la que dejo los libros de mamá. Su pequeña biblioteca, la que recuerda, la que se ha mantenido más allá de las mudanzas y de los cambios de vida, es la primera en habitar la librería.

Junto a los libros pongo una jarra blanca de un aguamanil.

28.

«El verbo leer, como el verbo amar y el verbo soñar, no soporta el modo imperativo. La lectura debe ser una de las formas de la felicidad y no se puede obligar a nadie a ser feliz».

Jorge Luis Borges.

29.

A falta de Navidad en la librería montamos en casa el árbol más bonito del mundo, mientras sonaban villancicos que me recordaban a los días radiantes de Madrid. Aquellos en los que tenía treinta años y explosionó una segunda adolescencia.

El abeto llevaba durmiendo tiempo en el garaje, en tres cajas, como esos números de los magos en los que los cuerpos quedan troceados en partes y, de pronto, por arte de birlibirloque, ¡chas! Dos metros de elegante facturación oriental se elevaron en la esquina del salón. Michael Bublé tuvo la culpa.

«It's beginning to look a lot like Christmas everywhere you go...».

Y también Wham!, y Brenda Lee, y Elton John, y The Ronettes, y Sinatra, y Bobby Helms y Andy Williams con... «it's the most wonderful time of the year». Mamá, como siempre:

—Y esto habrá que recogerlo después.

—Sí, mamá. Eres el espíritu de la Navidad.

—Bueno, es que no me ha gustado nunca. Tú has salido a la abuela Irene, que con cuatro cosas decoraba la casa. ¿Guardas sus adornos?

—Sí, mamá, en una bolsa. Piñas pintadas. Y guardo también tu nacimiento.

—¿El de fieltro?

—Ese. Ahora cuando ponga el árbol, coloco el belén de trapo en el aparador. ¿Te acuerdas cuando de niño montaba todo un nacimiento en la mesita del salón?

—Perfectamente.

Hay algo de nudo en esa palabra. Pesadumbre.

—Cogía hierbas del campo, piedras y hasta arrancaba césped con un cuchillo. Qué feo cuando se secaba.

—Pues siempre fue muy bonito verte montar el belén —arranca a hablar con un hilillo de voz—. Ponías adornos, ramas, estrellas...

Es la misma aflicción.

La miro y mamá tiene la vista puesta en las bolas rojas que en el reflejo deforman su cara, como si alguna vez en algún momento de la vida una bola gigante la hubiera asustado para siempre.

Yo, perseverante, siempre aposté por la Navidad en casa, como quien, paciente, quisiera plantar en terreno yermo el espíritu de la alegría. Qué porfía en la infancia. Año tras año fui labrando un terreno ilegal en el que habitábamos tres para allanar un hogar en el que nadie era feliz. Hablo de felicidad completa, de esa que ofrecía la televisión, las películas y los libros.

«La Navidad no será Navidad sin regalos», refunfuñó Jo, tendida en la alfombra.

El primer cuadro costumbrista, de dulce paz casera, era el de ese diciembre de *Mujercitas*. La apocada Beth, la egoísta Amy, la presumida Meg y la soberbia de Jo. Fuera cae la nieve mansa y en el interior, una sala de estar rebosante de libros, un fuego encendido que crepita y un despliegue de complicidad fraternal. Josephine quería libros, partituras, lápices de colores... Louisa May Alcott basó su libro en su propia experiencia y en la de sus tres hermanas, que vivieron en el poblado de Concord en Massachusetts. La realidad siempre ha sido la mejor inspiración para los escritores. Las ideas no surgen de la nada. Los griegos hablaron de musas, pero esa chispa es un estado emocional subjetivo, repentino y contagioso. La relación entre vida y literatura, entre imaginación y realidad, es la desembocadura de un río donde se mezclan aguas. No solo las memorias, las crónicas, los diarios íntimos. No solo *En busca del tiempo perdido* de Marcel Proust o *Las confesiones* de Rousseau. Cada libro tiene parte del escritor. Una Milana bonita también acompañaba a Delibes.

—¿Has montado el árbol o quieres desayunar?

—Ya hemos desayunado, mamá.

—¿Quieres un café?

—Vale.

—Pues vente a la cocina.

Dejo abierta la caja con las bolas rojas. Veo entre la purpurina un pequeño adorno, un reloj de cuco que estuvo en otro árbol, en otra casa, en otras vidas. Me lo echo al bolsillo y voy a la cocina.

Para Charles Dickens, la Navidad era esa fiesta «que hace que nos acordemos de las ilusiones de nuestra infancia, le recuerde al abuelo las alegrías de su juventud, y transporte al viajero a su chimenea y a su dulce hogar». La abuela Irene debió susurrarme algo que yo no recuerdo pero que fue semilla. Noto el pico del pájaro cuco marcando este nuevo tiempo en mi mano.

30.

En esos días camino abrigado por los senderos que llevan al castillo medieval, creo que con *Nubosidad variable* bajo el brazo. La relectura de algunas historias me da paz porque conozco el lugar, el recorrido y los vecinos que habitan las páginas. Sentado en la plaza de Armas, donde otros anidan, tal vez personajes de novela, veo pasar a los gatos. Doña Leo, mi perra, se alerta y se sorprende ante la libertad de los que caminan sigilosos, trepan tapias y nos miran recelosos.

«Eso son gatos», le digo.

La perra se sube al banco donde nos hemos sentado. En la prudencia de un animal viejo está también la calma de pegarse a su amigo, a mí. Se convierte en persona. Callados ambos miramos las casas blancas, acicaladas, limpias y silenciosas. De una sale humo y todo se perfuma de invierno. Leo distingue algo más. ¿Castañas?

¿Patatas asadas? No me lo dice, pero mete el hocico en mi abrigo buscando alguna golosina.

Se la doy.

Y viene una señora a saludarnos.

Comentamos la tarde, ese guion sin argumento que va y viene entre naderías y piropos. Pregunta por la librería, dice que su madre no sabía leer, que ella aprendió de mayor, que bastante tiene con entender los recibos y las recetas. Su hija le ha puesto tres pastilleros: uno para la mañana, otro para la comida y otro para la cena. Los viernes la visita con los nietos. Ellos saben leer, pero no quieren. Se entretienen con los teléfonos, me cuenta. Levanto los hombros como respuesta, qué le voy a decir. ¿Cómo convencer a un niño para que deje las pantallas y vuelva a entrar en una cueva de piratas que hay que imaginar, o en un barco que atraque en una isla o en una nave espacial atrapada en la galaxia? ¿Cómo convencerles para leer, ellos que pueden?

Los gatos siguen en la pared de enfrente, parecen dormidos. Mi perra también se ha quedado cuajada en mi pierna. Me da pena levantarme y despertarla, tan sosegada en sus sueños.

El coloquio de los perros es una novela escrita por Miguel de Cervantes en 1613. Se trata de una conversación entre Cipión y Berganza, dos perros que vigilan el hospital de la Resurrección de Valladolid, donde fue escrita la novela.

El sol cae entre las torres del castillo. Es la hora azul, aunque el cielo se pone naranja, anuncio de frío. A esas horas es cuando los perros descubren en la novela de Cervantes que pueden hablar. Berganza le cuenta a Cipión sus experiencias con los dueños que ha tenido en todas las casas en las que ha vivido.

Cipión.– Berganza, amigo, dejemos esta noche el hospital en guarda de la confianza y retirémonos a esta soledad y entre estas esteras, donde podremos gozar sin ser sentidos de esta no vista merced que el cielo en un mismo punto a los dos nos ha hecho.

Berganza.– Cipión, hermano, óyote hablar y sé que te hablo, y no puedo creerlo, por parecerme que el hablar nosotros pasa de los términos de naturaleza.

Cipión.– Así es verdad, Berganza; y viene a ser mayor este milagro en que no solamente hablamos, sino en que hablamos con discurso, como si fuéramos capaces de razón, estando tan sin ella que la diferencia que hay del animal bruto al hombre es ser el hombre animal racional, y el bruto, irracional.

Berganza.– Todo lo que dices, Cipión, entiendo, y el decirlo tú y entenderlo yo me causa nueva admiración y nueva maravilla. Bien es verdad que, en el discurso de mi vida, diversas y muchas veces he oído decir grandes prerrogativas nuestras: tanto, que parece que algunos han querido sentir que tenemos un natural distinto, tan vivo y tan agudo en muchas cosas, que da indicios y señales de faltar poco para mostrar que tenemos un no sé qué de entendimiento capaz de discurso.

Qué belleza, Leo.

La perra despierta. Los gatos también.

Berganza nació en un matadero y allí conoció a su primer amo, Nicolás. Su trabajo era entregar diariamente una canasta de carne a una amiga de su amo. Un día una mujer le arrebata la cesta y Berganza decide no morderla porque la pobre va muy sucia. Pero por eso perdió la responsabilidad en el trabajo y tuvo que huir porque Nicolás quiere matarlo. En esa evasión conoce a Cipión, con quien empieza a hablar.

—Quiero saber más —me dice doña Leo.

—Para eso tendremos que esperar, pequeña. No recuerdo nada más de esa novela.

—¿La tendrás en la librería?

—Ah, pero... ¿hablas, Leo?

—Claro, pero no quería molestar. Sé que te gustan más las caricias.

Así nos vamos a casa, ella se despide de los gatos —a su manera—, y la señora que sueña con leer como podrían hacerlo sus nietos saluda desde la ventana. Se distingue el parpadeo de las luces de un árbol lleno de colorines. El frío tiene aguijones y camino rápido hasta abandonar el castillo, calle abajo, hasta la plaza, donde una fachada azul de Prusia espera otras luces de Navidad.

—¿Te imaginas, Leo? —le digo.

—Sí —responde, lamiéndome la mano.

31.

Nubosidad variable es una novela maravillosa.

Desde que regresé al pueblo y decidí montar una librería, muchos de mis amigos, aquellos con los que bailaba, me confesaba y brindaba, han desaparecido. Se quedaron a más de trescientos kilómetros, más allá de la meseta. El bolero habla de que la distancia es el olvido y el que canta «no concibe esa razón». Me inquieta y me duele esa pérdida, hoy por hoy irreversible, porque cuando los recuerdos acechan, con esa hermosa mezcla que deja la melancolía de dulce y salado, da tristeza. Y bueno, ¿a qué viene esto? El aprecio. Los apegos.

Nubosidad variable es uno de los libros más hermosos sobre la amistad. Sofía Montalvo y Mariana León, uña y carne durante su infancia y adolescencia, pasan la vida juntas y sueñan con un futuro lleno de proyectos. Sofía es romántica y soñadora, Mariana es pragmática y briosa. Pero un chico rompe la amistad. Ambas se enamoran del mismo hombre. Treinta años tuvieron que pasar para que volvieran a juntarse. Mariana y Sofía volverán a escribirse cartas que no terminan de echar al buzón. Ambas se desnudan en esos textos privados y confiesan lo tontas que fueron por dejar perder su amistad. La vida pasó rápida y nada fue como soñaron. Sofía es un ama de casa insatisfecha y Mariana tiene una caótica vida sentimental. Qué cartas. Qué bonitas. Qué reflexiones.

Al tiempo que unos amigos han desaparecido —ignoro si dentro de treinta años regresarán y lamentarán la pérdida y los años pasados— regresan otros que nunca se fueron. El pueblo mantuvo —como en las mejores conservas de mermelada— a los amigos de siempre. Reaparece la confianza, renovamos votos y refrescamos las anécdotas.

Unos y otros se implican en la librería.

La tarde en la que llegan las estanterías de Ikea nos ponemos en equipo a montarlas.

Cuando un grupo de amigos reman en conjunto hacia un objetivo, no solo se consigue, sino que el ambiente es distendido y los problemas se convierten en risas. La torpeza, el clavo que falta, el «ayúdame que me he perdido», el piropo ante el resultado, el «vamos genial». Un aplauso. Todo eso fue sucediendo. No hay nada más poderoso que la buena hermandad, que unos buenos amigos. «Individualmente, somos una gota. Juntos, somos el mar», Ryunosuke Satoro, escritor japonés.

Los buenos amigos no se guardan nada, juegan con sus debilidades, admiten los errores y la preocupación pasa a ser compartida. Así tira de la escalera Chimo, encaja las tablas Maricarmen o le da al martillo

Juan para que las traseras no se descuelguen. La perra va como loca de un sitio a otro, parece que se sabe líder, como Michael Jordan, como Madeleine Albright, como Eleanor Roosevelt. Acaba dormida a pesar de los golpes hasta que alguien dice: «¡Conseguido!». Ya está. Listo. Entonces nos hacemos una fotografía que tiene una aureola de victoria. Luego hay cañas en el bar. Se acercan otros. Nos unimos en las risas y en los sueños que vendrán cuando se abra la puerta. Saluda el sacristán. El farmacéutico reclama que nos demos prisa con la apertura. Dos señoras preguntan si al final habrá o no cruasanes. El peluquero se ofrece a hacer una paella en el monte para todos. Y alguien habla de música, de hacer una inauguración con chelos y violines. Somos de pronto esos amigos de Mark Twain. Sid, Joe Harper, Becky Thatcher, la tía Polly, la viuda Douglas, Huckleberry Finn, el indio Joe, Jim, Ben Rogers, Jeff, Amy, Mary, el señor Walters, Willie Mufferson, Alfred Temple, el maestro, el doctor, el borracho Potter o el hombre desconocido. Como en la novela de Twain, siento ese himno, ese emotivo y vitalista encuentro, como el de aquellos veranos de la infancia. La librería, lo que está uniendo en el pueblo, no deja de ser un libro que se escribe solo, un canto optimista, un barco que zarpa con la preocupación de los mares y los piratas. Pero lo hacemos en terreno feliz, en la calle conocida, donde antes hubo un horno, donde hemos saltado charcos o desfilado con vestidos de comunión.

32.

Irene, mi abuela, era una narradora extraordinaria. Cuando pienso en ella, además de su legendaria mano para la cocina y su fe en Dios o en la Virgen del Remedio, puedo verla sentada a la mesa camilla, tapada con su pesada toca de ganchillo de dos capas negra y vino tinto —todavía la conservo en un cajón—, con la mirada brillante, las uñas pintadas de nácar y dispuesta a contar historias de miedo. A Irene le gustaba relatar. Por ejemplo, cómo en casa de unos familiares que no recuerdo, por las noches, el reloj de pie se adelantaba unos metros y aparecía en otro lugar. O cómo, también por las noches, le tiraban del pelo a fulana y se quejaba creyendo que era su marido, pero el santo dormía. Y ella enloquecía de miedo. Me decía que no sacara los pies de la cama, y eso hice muchos años, porque en tal casa alguien había sentido cómo le agarraban de los tobillos. De ahí a dormir hecho un ovillo no hubo transición. La abuela Irene narraba como Edgar Allan Poe. Pensándolo bien, era mejor que el escritor. Utilizaba a personajes reales para que la ficción —si es que lo era— tuviera todos los matices de la realidad: una gran introducción llena de detalles, un diálogo en el que ponía la voz de fulana o zutana, y un desenlace abierto. Así el miedo seguía durante mucho rato. Durante mucho tiempo.

Irene procedía de una familia de agricultores, muchas hermanas y mucho trabajo. Su padre era un hombre fortachón, alto como lo soy yo. Así me lo recordó hasta los últimos días de vida: eres como mi padre, alto y guapo. La abuela se marchó con un libro en las manos, siempre leyendo, siempre fabulando, siempre cocinando, siempre sonriendo. No albergo ninguna duda de que el hecho de que yo sea escritor le corresponde a ella, porque en sus manos anidaba la magia y en su cálida voz, la fantasía. Ella, sólida como una roca y convencida del poder de la bondad, hizo literatura con los días. En la cocina de la casa donde vivió acompañada de mi tío Rafa guardaba botes de conserva de todo tipo, restos de la cena, orzas con embutidos, chocolate escondido, dulces, galletas. Cuando yo era niño la Navidad estaba escrita con letras doradas en el calendario de la cocina. Se anunciaba con un saco de almendras que ella pelaba, hervía para poder quitar las pielecillas, las dejaba blancas y después las tostaba en el horno. Con eso y otros ingredientes hacía barras de mazapán que tenían trozos de fruta escarchada de colores. A papá le encantaban, y a mamá... A todos. Yo buscaba el chocolate. Hoy, desearía tener un pellizco de ese mazapán que rechacé por los turrones que anunciaban en la tele.

Creo que mamá guarda la receta del famoso mazapán de la Irene en algún lugar. Un día, cuando el corazón esté blandito como ese añorado dulce, aparecerá.

33.

—Mamá, ¿cómo era la Navidad cuando eras niña?

El árbol de bolas rojas cambia el ritmo de las luces en ese momento, como si nos escuchara.

—Ay, no me acuerdo... La abuela era como tú, le gustaba mucho. Teníamos una plancha vieja de hierro, de las de ascuas, la dejaba abierta y le ponía cosas..., piñas, hierbitas... Ofrecían leña por las calles, gente que no tenía dinero. Y con esas piñas para encender la lumbre hacía la decoración. Las pintaba de plata con purpurina que vendían en la droguería de Luis Agüe. Íbamos a la misa del gallo con el abuelo. Teníamos una foto muy bonita... Tampoco sé dónde estará.

—¿Regalos?

—No. No recuerdo regalos. En Reyes una muñeca o ropa, pero no recuerdo. Una camiseta, unas bragas... Cosas sencillas. No había más.

—¿Tuviste muñeca?

—Sí, sí. De cartón. Me acostaba con ella en la cama de la tía Esperanza. Dormíamos en parejas, no había cama para todos. Y como en esos días estábamos en Minglanilla, pues nos dormíamos juntas. Parece que estoy viendo ahora la muñeca, con muchos colores. La cara tenía unos morros, unos coloretes... exagerados. Llevaba un vestidillo...

—¿Lo hacías tú?

—Cuando aprendí a coser, cosía para los mayores... Se olvidaron las muñecas.

—Y ¿qué dulces había...?

—Empanadillas de boniato, magdalenas... Rollicos de anís. Como mantecados. Suspiros de almendra.

—¿Turrones?

—Pero... no tanto. Lo del horno llenaba más. No eran tiempos...

Se para. Esos tiempos vienen a su cabeza y mira la leña en la estufa.

—La abuela cosía y le daban trabajo en Casa Solá. Hacía peúcos para gente del campo, como calcetines, para el frío. Eran marrones..., como si los viera. Se los ponían para ir a las viñas, bajo la bota. Cosía muchos, eran de lona, una tela dura, gorda.

—Siempre estaba cosiendo... la Irene.

—La máquina de coser... si hablara... Pausa.

—... llegó la tía Esperanza con lecciones de costura de una academia de Valencia y me quedé con ella a aprender lo que había estudiado. Había que trabajar y tener... Los sinvergüenzas del transporte le habían quitado la licencia al abuelo y no tenía dinero. Así que la abuela, entre dulces y guisos, debía coser. Y yo con ella.

—Así que la Navidad... poco.

—Íbamos a Minglanilla en Nochebuena en el autobús, en los Alsina. Qué graciosos. Y nos quedábamos esa noche. Luego ellas venían a Utiel. Es que... de eso... no me acuerdo bien. Yo iba como un pincel, con las muestras de Galerías Preciados me hacía vestidos. Estaba tan delgada..., tan flaca... Comía poco.

Se ríe sin risa.

—Los dulces no se ponían duros. Más ricas... Magdalenas sin papel. Las guardábamos en la orza. Y allí estaban. Siempre buenas, sin conservantes ni nada. Huevo, leche, levadura y harina.

La escucho explicarlo con gestos de manos finas y arrugadas. Hay épocas remotas que dan la impresión de que vamos a poder tocarlas si alargamos la mano. Las mueve en el aire.

—... Y el pan lo amasaban a las tres de la mañana y en el desayuno ya había levantado la levadura y podías llevarlo al horno, que lo teníamos enfrente. Desayunábamos malta. No café. Sería caro. No recuerdo. Un puchero de barro con tapa de barro... Estaba de rica... Cuando hervía se salía, derramada... ¿Ahora venden malta?

Asiento.

—Íbamos a lavar al río la Josefa y yo, con una espuerta. Tan pequeñas las dos. Luego tuvimos pozo, pusieron un banco de azulejos y junto al pozo guisábamos.

El árbol de Navidad habla al ritmo de mamá, con un sutil cambio de luces que baila con sus palabras, que van y vienen. Hay suspiros, pero no son de almendra, nacen de lo más profundo de sus recuerdos. Corta en seco y apoya los codos en las rodillas, con las manos sujetándose la cara. Cierra los ojos. La dejo. No quiero preguntar nada. Es tiempo de Navidad en ella, en ese paseo que la niña vuelve a hacer hacia casa de sus tías de la mano de su madre. La Irene.

Silencio. Las campanas tocan a misa. Es domingo.

34.

—Esto que tenemos aquí ahora es un lujo —me dice mamá mirando la decoración navideña del salón—. En casa de don Antonio tendrían chimenea.

—¿Quién era?

—El médico.

35.

Me niego a robarle recuerdos a mamá para este librito. Por eso la dejo con su vaso de leche, los ojos cansados y las manos entrelazadas. La manta de colores de ganchillo que hizo con la abuela está a su lado, la coge y la dobla bien.

El calor de la leña tiene una hermosa banda sonora que rompe el silencio con el crepitar, que traquetea a veces como un tren infantil. En cierta medida es un viaje.

Leer esto es también un viaje.

Leer cualquier libro es emigrar del lugar. Visitar los recuerdos es vagar. Vagabundear.

36.

Cuando escribí *Adiós, pequeño*, buscaba hacer conserva en frascos de cristal para cuando arreciara el dolor de la pérdida. Poder abrir un libro y visitarlo es lo más parecido a regresar a ese momento, minuto, lugar. Necesité escribirlo y no podía hacer otra cosa, nada más que eso. ¡Era la vida escrita! Me enfrenté a la novela con el cuidado de un arqueólogo con los sentimientos, busqué, pregunté, rescaté fotos y escribí, escribí, escribí. Dejé apartada la historia parisina en la que estaba para hundirme en ese estado de emoción que requería el «pequeño». Hoy sé, cuando no ha pasado ni un lustro de aquella escritura terapéutica, que, con el tiempo, será uno de esos frascos que intenté envasar al vacío. Como la abuela con el tomate frito, los pimientos y la mermelada. Otra vez la abuela, sí. Hoy rememoro el estado de tensión en el que viví página a página, me agoté, temblé en las palabras, en casi todas, me costó narrar muchos de los episodios que ahora son ficción —todo es ficción cuando pasa a ser libro—, y me cansé en el sentido físico del término. Acabé exhausto en las presentaciones, volviendo a revisitar todo aquello, a desembalar algunos recuerdos, los elegidos para no salir sangrando de las presentaciones, a tocar con cuidado otros, a desenvolver miserias. Como Delphine de Vigan, le regalé un ataúd de papel a mi padre, a mi madre. Y coincido con ella cuando dice que un libro así de íntimo es el más hermoso de los regalos: que su destino, el de mis padres, sea ser personajes de novela.

A través de la escritura busqué el origen del sufrimiento en la familia, el de la ausencia de sonrisas en las fotografías, como si escribiendo sanara su dolor de manera retroactiva. Me preguntaban los periodistas: «¿Por qué?». No lo sé. Decía Flaubert que hay novelas que ya están dentro escritas y que solo hay que traducirlas. Será eso. Eso. Tal vez cuando abra uno de esos botes de conserva que son los libros más valientes —así decía la promoción—, me encontraré con ella y con sus hermanos, con sus padres, mis abuelos. Y no serán los periodistas, seré yo quien se pregunte

y halle la respuesta. Se me escapa a medida que lo pienso. Creo que los escritores cuando amasamos una novela no somos siempre conscientes de qué significará en el futuro, ni mucho menos en manos del lector.

Como sucede en Navidad, volvemos a abrir la vieja y destartalada caja con las bolas y otros atavíos brillantes, aparecen algunos trastos que se han quedado viudos, que dejan de ser adornos, que ya no decoran, que perdieron su valor y su importancia. Y se quedan ahí, en la caja, mientras pasa la Navidad. Sucede igual con los recuerdos.

37

¿Y los libros? ¿Por qué algunos se convierten en alimento para unos días, se guardan en la estantería y otros, en cambio, son faro al que volvemos para releer aquello subrayado o para recomendar?

¿Qué tiene un título para que sea eterno en la memoria o fugaz como la huella de las olas en la arena?

Pienso ahora en libros a los que he vuelto. No los comparto porque cada uno tiene los suyos. No son mejores unos que otros, son los «nuestros». Los botes de conserva.

Pregunto más: ¿qué personajes tienen la fuerza para saltar del papel a la vida, no por película, y se quedan rondando por casa como si de un fantasma se tratara? ¿Qué tienen para ser recordados?

Marius y Cosette, Romeo y Julieta.

Victor Hugo y William Shakespeare consiguieron algo similar, con personajes muy parecidos, con historias diferentes en forma y fondo, colocar a dos parejas en el imaginario de los lectores. Y de los no lectores, ¡más difícil todavía! Hay quienes no han leído ni *Los miserables* ni el drama de los Montesco y los Capuleto en Verona, pero ahí están, en su mundo.

J. K. Rowling ha hecho visible a su mago antes de ser películas. Todos esos lectores de varias generaciones han deseado recibir esa carta para ser invitados a Hogwarts.

Arthur Conan Doyle y su detective Sherlock. También al cervantino Watson, por aquello de ser el Sancho que pregunta y apostilla. La cultura popular tiene a don Quijote como monumento literario sin apenas haberlo leído. O a Platero. Drácula. Frankenstein. Gatsby. Lolita. Atticus Finch. Aureliano Buendía. Anna Karenina. Madame Bovary. Emma. La Regenta. Fortunata, Jacinta. Alicia pequeña, Alicia grande, Alicia jugando con las cartas, Alicia charlando con el gato, Alicia con el relojero. El Principito. Gregor Samsa con vientre de insecto. Guillermo de Baskerville. Mary Poppins. La lista es felizmente interminable.

Yo mismo, en un desesperado afán por mantener vivos a los personajes de algunas de mis novelas, de los que era incapaz de separarme, he jugado a escribirles cartas desde la librería una vez abandonados.

Los libros vivos son aquellos que siguen recomendándose. Esos de los que alguien se acuerda. O recuerda.

«Querido personaje, te quiere M».

«Ni siquiera yo sabía qué aspecto tenía Gatsby ni a qué se dedicaba, y tú intuiste las dos cosas. Si lo hubiese sabido y te lo hubiese ocultado, te habría impresionado tanto con mi discurso que no habrías protestado. Esto es difícil de entender, pero estoy seguro de que captarás la idea. [...] Pero ahora sí que lo sé. Como castigo por no haberlo sabido [antes que tú], te voy a contar mis cosas».

F. Scott Fitzgerald. Carta a Max Perkins, 1925.

38.

Carta a Teresa Espinosa,
10, pont Louis Philippe, París.

En la caja de acuarelas anda más gastado el ocre que los azules, los pinceles que me ha regalado Juan siguen nuevos, me da pena estrenarlos, y hoy rompí varias hojas intentando retratar a mi madre. No hay manera de coger su gesto. Se queda mirándome, con el peso de los años y el del cansancio, y dejo de pintar, me rindo. Prefiero mirarla para retener sus rasgos, para quedarme con el color de sus ojos, la forma de su boca y las arrugas que han ido surcando su cara. ¿Sabes, Teresa? Mi madre era muy guapa, «y muy delgada», añade ella cada vez que rescata fotos en blanco y negro. El repartidor de las gaseosas de Utiel, cuando llegaba a casa cargado de botellas, la llamaba Lauren Bacall y ella se escondía dentro, de pura vergüenza. La imagino. Como imagino a mi abuela Irene torciendo su boca y marcando el hoyuelo ese que le salía de felicidad. Yo, a veces, lo fuerzo, pero no me sale. Me habría gustado heredarlo... Bueno, ya ves, Teresa. Es lo que hago, pensar mientras pinto.

Espero que tú sigas con tus clases en algún atelier de París. Muchas veces paso por la calle donde vivía tu viejo pintor y miro hacia arriba, allí donde está el mirador que parece un castillo y veo luz. Ya sé que no estás, que la vida te trata bien con tu tienda. Vi en tus fotos que habías pintado la fachada de madera con otro tono, dime cuál, me gusta ese azul imposible. ¿O es violeta? Te extraño.

Me quedé con tu cartel y preside mi salón, «Aux tissus des Vosges». Al verlo te pienso. Mi francés avanza a pasos agigantados y para que lo compruebes iré en breve a verte, dile a Laurent que os invito a cenar en Le Hibou, que sé que le gusta la hamburguesa con patatas. Iré con María Camacho, una lectora que anda como Kiki de Montparnasse, de cama en cama. Si ella dice eso de sí misma, no quiero pensar cómo será el día a día. La aplaudo, ya sabes que yo siempre he sido como tú, Teresa, más tímido en el sexo.

Me quedo pintando, disfruta de mi amor y de tu amor y de ese río de agua que recorre tu puerta como un pequeño Sena.

Te beso como siempre, M.

39.

Carta a Justo Brightman,
Camino del acantilado, s/n. Calabella.

Hace tiempo que quería escribirte, Justo, y entre unas cosas y otras, lo voy retrasando. La culpa es mía; con la pereza, algún pequeño problema de salud y la apertura de la librería, lo voy dejando. Y no sé, echo de menos tus cañas y esa manera tan tuya de dejarme con la palabra en la boca, sacar la cámara y hacer una foto a yo qué sé, como si lo que te estuviera contando no tuviera el peso que yo acostumbro a ponerle a los problemas. Qué bien me sienta, amigo, tu sordera. Nunca estás atento a lo que te cuento y, sin embargo, te echo de menos. Yo combustiono en mis zozobras, y tú aprendiste a volatilizarlas. O evaporarlas. Qué bien, Justo.

A menudo pienso que no escribes ni llamas porque estás en algún país sin cobertura o, lo que es mejor, que no tienes ni teléfono ni ganas de llamar a nadie. Ahí, querido amigo, nos parecemos. En eso sí. Qué bien sienta desaparecer y mandarlo todo a la mierda, dejar que el río siga con los demás en sus barcas y tú, o nosotros, sentarnos en la vereda a ver el día y hacer fotos al paisaje. De niños hacíamos un cuadrado con las manos, índice y pulgar, y decíamos: «Clic, clic, ¡foto!». Ahora yo me siento en cualquier mesa, no tengo horizontes a mano en esta ciudad, y dibujo. Te adjunto una de mis acuarelas, espero que te guste. Es de este periodo de silencio en el que me he empadronado, no tengo ganas de hablar y, si lo hago, me rompo. Por eso debería irme. Debería. Condicional.

He pensado mucho en tus viajes, en tus ausencias voluntarias, y en las complicaciones que te evitas. Pero no puedo... Mamá anda mal, le cuesta caminar y está quejándose todo el día de su artrosis y de su vista. La tengo sentada en el sillón, con la manta sobre las piernas y leyendo prospectos de los medicamentos, se da friegas de alcohol de romero y una crema que no le quita el dolor, pero la entretiene. Ha dejado de leer, con lo que ella leía, pero no puede. Así que le dejo que ponga la tele y que otros problemas ajenos la saquen del suyo. Si la vieras, ¿te acuerdas, no? No la reconocerías. Yo sí, hay algo que no se llevan los años: el olor. Ese olor a madre. En cuanto a mí, puedo afirmar que sigo con los divertículos y la hernia de hiato molestándome, no como nada que me haga daño y eso ha convertido mi menú en un aburrimiento. ¿No sería mejor arrancarme el estómago y cambiarlo por otro? Me nutro de pechugas, cosas que no me den acidez y poca grasa. Me cuelgo de los escaparates de las pastelerías y miro como los gatos cualquier lugar de tapas y embutidos. Qué putada los años, amigo. Yo un día estaré como ella, quejándome de todo; por eso no se lo echo en cara. Pero le repito aquello que tú decías: la vida es hoy. «Mamá, la vida es hoy. Y hoy no me he muerto». Pero ella tiene miedo. El mismo miedo que yo tengo a cuando no esté ahí, quejándose de lo suyo y colando en la nevera alguna tableta de chocolate que sabe que no debo comer. Me quejo y le sonrío, porque nos morimos los dos por el dulce. No sabes cuánto ha envejecido, anda por la casa titubeando, las piernas le fallan y tiene todo el día la mano en su ojo, que le provoca mil quebrantos entre dolores y otros tormentos. Yo la entiendo, coño, claro que la entiendo. Pero me consumo con ella.

He decidido algo que no te imaginarías: no escribir, nada. Solo la cuido, estoy con ella y damos pequeños paseos con Leo. Pero en

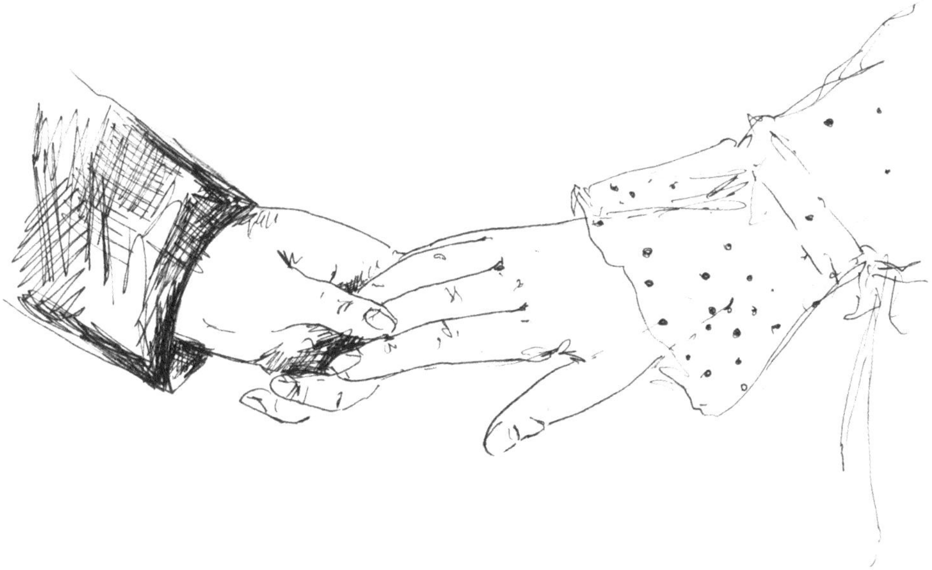

lugar de disfrutarla, de disfrutarnos los dos, andamos por nuestro interior —lo sé, sabes que lo sé— echando fotos de todo para cuando no estemos. Qué mal lo paso. En lugar de hoy, pienso en mañana.

Un día comentaste que tu madre te decía: «Todo irá bien», que te lo decía de niño y que guardas todas esas notas. Yo, mirando a la mía, lo pienso. Y me digo: mamá, todo irá bien, también cuando no estés. Aunque me muera ahora escribiendo estas palabras.

Ay, Justo, amigo. Qué putada la vida, qué putada es crecer y envejecer.

Ya sabes que papá murió, pero esa es otra historia. ¿Te escribí entonces, verdad? No sé, pensaba que su ausencia lo haría invisible en mis recuerdos y, fíjate, anda más presente que nunca por la casa.

Hasta he puesto una foto suya en la habitación, una en la que aparece jugando solo en la mesa camilla de la playa con sus crucigramas. Buscando palabras, como yo busco ahora otras para contarme.

Así ando. Y te envidio, pensando que viajas libre por el mundo con tus cosas, que no serán fáciles, pero son otras.

Sé la cara que habrás puesto ahora, no te enfades. Te conozco y darías la vida por volver a aquella casa del acantilado.

¿Quién de los dos quería hacerse mayor antes, tú o yo? Qué lúgubre ha sido cumplir años. Sobre todo estos últimos. Te lo digo a ti pero olvídalo. No me preguntes por ello. El médico me dijo que estoy en una depresión que yo mismo habito como una casa propia. Me exigió que me tratara, pero no puedo. Si para ello debo volver a la infancia y ordenar mi desorden, no. No quiero. Revisitar el pasado es como las mudanzas, y no tengo ganas de empezar a echar todo en cajas para volverlo a sacar. Donde esté, mal o bien, está. A veces se me pasa con una caña y otras con algo de química.

Antes la culpa era de mi padre, él era el culpable de todos mis males, de mi inacción y de mis miedos. Pero ¿ahora? A quién le echo la culpa ahora. Incluso cuando me castigaba sin excursiones, podía refugiarme en la cocina, con mamá, y echar sueños al aire, que salen muy baratos, mirar el calendario y contar los meses para irme de allí. Pero ¿hoy? Hoy no me sirven aquellos sueños.

Los sueños caducan si no los gastas.

Por cierto, no me has dicho nada de los bocetos que te envié. Algunos los van a publicar y otros están ya enmarcándose para que los cuelguen en una pequeña galería de arte del centro. «Échale guindas», así se llama la sala. Me recuerda a tu tía Visi y me da risa, parece una de sus expresiones. La veo en tu casa, con las manos manchadas de harina, pintándonos la nariz de blanco y poniendo la radio a todo volumen para hacer del patio una verbena. No suena mucho Olga Guillot en la radio, esa es la verdad, pero cuando por casualidad salta en alguna emisora... ¡me río y lloro! Lo que daría por verla mover la falda como tú decías, «como alas de mariposa». ¿Crees que no me acordaba?

¿Qué sabes de ella? Mándame su dirección, voy a escribirle. Parece que la veo. Todos esos cuentos que elaboraba en torno a la ropa tendida, mientras la Isolina y... ¿María Montaña? se arreglaban el cuello de las blusas o regaban las plantas..., era fantasía. Virginia me dijo el otro día que hablara de ellas, que escribiera algo con las hermanas de tu madre, que quiere saber qué ha pasado en Calabella y me preguntaba si sigue el cine en marcha. Pero estoy paralizado, no escribo. Desde que te has ido tan lejos ha crecido la nostalgia, hablamos mucho de ti, carajo; estás muy presente, amigo. Yo ya no sé mirar la vida si no es desde tus gafas, esa forma de ser irónico, feliz y melancólico que tú tienes para con tus fotos. Qué jodidamente bueno fue tu reportaje de Buenos Aires en el *Nat Geo*, que lo compro siempre, querido. Y me pongo frente a la página con la idea de que eres tú quien lo mira y busco detalles que pasarán desapercibidos para los lectores, pero no para mí, como si enviaras señales desde las fotografías. O ¿te crees que no me he dado cuenta de que siempre hay una señora sola en alguna de las ventanas que fotografías, eh? O en los balcones. Ese es tu sello. ¿Ves cuán presente te tenemos, Justo? Mamá me dice que vengas un día a comer, pero ya sé que no será posible. A veces pienso que es mejor así.

Por eso quiero proponerte otra cosa.

Hoy en la mañana, al ponerle agua a la perra me dio por hacerle un barquito de papel y dejárselo flotando en el cuenco; como imaginarás, ha durado dos segundos, lo que ha tardado Leo en hundirlo con una pata. Después ha venido con él en la boca chorreando por todo el salón. Dirás: para qué me cuenta esto. Cada vez que doblo un papel, me da igual que sea un recibo o una cuartilla, sin saber por qué ni con qué impulso, acabo haciendo un barco de papiroflexia como los tuyos. La última vez que nos vimos, gastaste no sé cuántas servilletas en la cafetería de El Comercial. Estabas nervioso, me hablabas de aquella chica de Londres y de tus miedos para ir a verla.

Hablé aquí mismo con Mario, lo vi en la presentación de la última novela de Rosa Montero, estaba con su editora. Ella me cae fatal, es insoportable y esnob. Y mira que de raros estoy servido, eh. Sobre todo últimamente. Te contaré, pero no por carta.

Me dijo que querías volver a Calabella y de eso quería hablarte, Justo. Si piensas regresar a casa, házmelo saber, me gustaría ir a visitarte. Echo de menos tu horizonte, que era el mío. Y sobre todo ese muro en el que, de niños, dejábamos colgando las piernas al límite de las rocas con todo el mar rompiéndose bajo los tobillos. ¿Recuerdas los gritos de tu madre desde el sauce? Salía de entre las ramas, como espaguetis largos y verdes, para amenazarnos con quitarnos las bicis y dejarnos sin merienda. ¡Como si la tía Visi no nos fuera a montar dos bocadillos en un pispás! La veo salir con su novela en la mano, descalza, vociferando y pidiendo paz.

Quiero verte, Justo. Quiero volver a aquella casa. Sé que para ti será difícil, te entiendo. Volver al lugar no siempre es fácil, pero si vamos juntos será mejor. Para ti, dirás. Seguramente. Pero no creas que a mí me será sencillo. Aquellos fueron mis mejores años y no hubo primaveras como las de Calabella.

Tu amigo.

40.

Carta a Tilde.
14, rue Visconti, París.

Tilde.
Hoy me ha invadido una gran inquietud, por eso te escribo.

La semana pasada estuve en París y pasé discretamente por la rue Visconti, aproveché que el conserje estaba ausente y me colé en el patio. No tenía mucho tiempo, iba con amigos. Se habían empeñado en comer —o cenar, no recuerdo bien—, en el Petit Vatel, por alguna maldita recomendación que hice hace tiempo. Buscaba darte un beso, ya sabes lo mucho que me gusta cómo hueles. Me recuerdas a mi abuela con ese aire a talco y Heno de Pravia que sigue estando en casa por las dos. Por ti y por ella. Algo os une, y algo me une a las dos. Les dije a la pandilla que esperaran en el Baltó, donde estaba sentada María con el novio gendarme que se ha echado, y fui en una carrera a la rue Visconti. Pero al llegar, ¿cómo te lo digo, Tilde?, me extrañó ver tu ventana abierta a esas horas: hacía frío y debía estar congelándose la casa. Sé que la abres por la mañana unos diez minutos «para ventilar», pero no eran horas. Y como no estaba abierta la verja de la calle no pude colarme a las escaleras para llamar en tu casa. Grité tu nombre desde los hierros —me puedes imaginar, hacía el ridículo—, pero no me oíste. Es raro, ni tu gato, que no es tu gato, salió al balconcillo.

Te escribo con la preocupación que entenderás. Qué manía la tuya de no tener teléfono, Tilde. Ahora podría llamarte y punto final a esta inquietud. Pero aquí me tienes, entre las letras, el sello para París y la preocupación. Ay, Tilde. ¿Dónde estás?

Les dije a los amigos que me ausentaría después de la comida, en el postre, para hacer unas compras. Que me esperaran allí o me pusieran un mensaje con la ubicación nueva, y así volver a escaparme. Así lo hice.

No está el conserje. No el que yo conozco de entonces. El chico —en un principio pensé que sería su hijo o algún familiar— me pareció muy francés. Un borde, vaya. Sin mirarme a la cara me dijo que era zona privada y que si no conocía a los vecinos no podía entrar. «Debería saberlo», me soltó con la manguera en la mano regando las plantas que tanto cuidabas tú. Eso me extrañó. No eran las tuyas. No eran las de entonces.

La ventana estaba entonces cerrada.

—Es ahí.

El portero me preguntó:

—¿Quién?

—Tilde, madame Matilde. La señora que vivía junto a su gato... Bueno, con un gato callejero. De esos que recorren los tejados de...

—Hay cientos de gatos así. Y la señora no está. Ahí hay una pareja joven de suizos que compraron la...

No seguí escuchando nada, Tilde. No entiendo ni cómo estoy escribiendo esta carta a la misma dirección. Tal vez tengan la delicadeza de enviarla a donde vives. O me conformo con saber que siempre estarás en esa ventana, acariciando tu vientre estéril y los gatitos de alguna gata que te presenta a su familia.

Quiero que sepas que me quedé un rato allí, mirando tu ventana.

¿Tal vez Grenoble?

¿Marchaste a la ciudad?

No quiero tener más pensamientos. No puedo, Tilde.

LE COMPTOIR DE
MATHILDE
Maison de Qualité
LE COMPTO

Te echo de menos mucho. Tal vez porque ahora mi vida es tu vida. No me pasa nada. ¿Recuerdas? «Por mí no ha pasado nada», decías. «Podría dejar de existir y nadie se daría cuenta».

Yo sí, Tilde. Estás.

En la floristería, que también ha cambiado de dueño, hay una chica muy atenta. No es Violeta. Debió irse con Étienne. Tal vez les escriba. Ellos sabrán tu paradero. O de tu nueva vida.

Las flores que he comprado —jamás debe uno entrar a una floristería y salir de vacío, no olvido tus palabras— las he dejado en la abadía de Saint-Germain-des-Prés. En el altar de tu virgencilla, esa donde —como decías, siempre es como decías— hay un caballero mirándote que parece que pretende algo de la santa.

¿Sabes, Tilde?

He salido con una sonrisa.

Me gustaría haberme quedado un rato charlando contigo. Pero tal vez ya lo estoy haciendo. Y no estás en ningún sitio. Aquí. Conmigo. En la tierra de nadie, en la de los emigrantes.

Te abrazo desde la librería, te gustaría mucho. M.

41.

Carta a Violeta Gadea,
Café Jardín du Thé, rue Millet, Grenoble.

Violeta, no sé si te llegará esta carta. Solo conservo la dirección que me contaste del lugar en el que te enamoraste de Étienne. Hablabas de unas estanterías con corazones metidos en frascos rojos. Un lugar en el que sonaban canciones antiguas y en el que la fuerza de una en especial perforó el momento: *Ne me quitte pas.*

Hasta aquí he llegado.

Sigue estando la lámpara trémula como en tus indicaciones, la mesa de la ventana que da de manera privilegiada a la plaza y el cruasán relleno de crema. Y mis nervios y mi absurda sensación de para qué he venido hasta aquí, a los Alpes. También.

Escribo desde la plaza de Victor Hugo.

Escribo para pasear por los mismos rincones por los que escapaste con Tilde.

Escribo para saber si estás aquí o si Tilde aparece en el único lugar en el que fue feliz: haciéndose pasar por otra mujer y despidiendo al único hombre que la creyó su mujer. Sigo en shock.

¿Cómo las personas pueden apropiarse en un segundo de otra vida?

¿Por necesidad? Recuerdo la sonrisa de Tilde.

Y la tuya con Étienne y el niño.

Pero eso me lleva a demasiadas muertes, la de Óscar, la de Dominique...

Y tú, ¿cómo estás?, ¿por dónde andas?

Todos los paseos que he dado, infructuosos, me traen al mismo lugar. Será el que conozco. Será la posibilidad de que aparezcas en el desayuno o a la hora del café.

Nada.

Escribo ahora mirando las botellas esas que contabas. Me giro cada vez que oigo la puerta. Intento encontrar parecidos en todos los niños. Y visito todas las floristerías.

Nada.

Ahora mismo he pedido, no sin vergüenza, que vuelvan a poner la canción de Jacques Brel que sigue rondando en mi cabeza, y el camarero, que debe tener mi edad aunque le sientan mejor los años, malditos franceses, me ha sonreído amable.

—Por supuesto —ha dicho soplándose el flequillo. Lo he imitado al girarse y, ¿sabes?, una pareja de jóvenes que están sentados en el

bordillo fumando han disimulado la risa. El caso es que suena la canción, para mi pudor.

Ne me quitte pas... Ahora no sé qué música suena, la desconozco.

Querida amiga: me he quedado un par de días a ver si cabía la posibilidad de cruzarme contigo por estas calles gélidas de los Alpes.

Desde que cerró la floristería —escribo para hacer tiempo—, París siente un vacío que no notan los turistas, ni los nuevos vecinos del barrio, pero los que sí pasamos muchas veces por el hogar de Dominique y nos fuimos con algo más que flores de su tienda andamos desolados al verlo. Creo que unos pakistaníes andaban montando una frutería o un 24h similar al que ya hay al doblar la esquina de Seine. Es la única manera de que aquello siga con luz, bromeé con María de camino al Bonaparte. Pero sí, la calle era distinta. ¿Qué tenía Dominique Brulé? Ese olor exagerado a flores frescas, el riego mimado, los ramos perfectos, sus notas inesperadas entre las peonías... Eso se ha ido. Me hubiese quedado el local para montar una librería española, pero ¡dónde voy montando negocios en barrios parisinos! Qué locuras nos sugiere en ocasiones la melancolía.

¿Verdad? Hasta me puse a hacer cuentas en una servilleta. En fin, Violeta. Que solo quería saber de ti.

Grenoble es bonito. Hoy me iré, ya he hecho el *check out* en el hotel, y te dejo esta carta en el restaurante. Me dicen que me hacen el favor, que si te ven te la darán. «La chica del niño rubio», me dicen. «La española con el revoltoso». Tal vez eres tú. O tal vez repiten las indicaciones que he dicho varias veces para ver si te habían visto alguna vez por estos pagos de Francia.

Violeta, nombre de flor. Violeta Gadea, te recuerdo mucho.

Espero que seas feliz. Te lo mereces.

En tu nombre pondré flores en la tumba del jefe, aunque ya sabes que no soporto los cementerios. Quizá por allí, como él decía, aparece el amor.

Hasta siempre, M.

42.

Carta a Mario Bellver,
Hotel As Janelas Verdes, Lisboa.

Te imagino, Mario. El pequeño patio, el desayuno puesto y el ordenador abierto. ¿Nueva novela?

La última que escribiste me pareció redonda.

Sí, perdóname. Debería haberte escrito cuando la publicaste y la crítica la ignoró. Curiosamente las ventas fueron buenas, ¿no? Te vi que estabas en la cuarta edición y varias semanas en la lista de más vendidos en la prensa.

Cómo jode, eh.

Jode bien ser ignorado por los colegas.

Tranquilo, una vez me dijo una editora que en los vagones de judíos hacia los campos de concentración, todos subían sobre los hombros al más narrador, para que fuera contando qué veía. Y la leyenda dice que se inventaba la mitad. Pero les hacía felices.

Un crítico no aguanta a nadie sobre los hombros, los lectores sí.

Yo ando por Valencia, mi madre enfermó y estoy al cuidado de ella. Si no, estaría ahora mismo en ese patio del Janelas —¡te gustó la recomendación, eh, canalla!— bebiendo vino hasta la cena.

De momento mi vida va así, poco a poco, entre médicos, reformas para acomodar la casa y pucheros. ¡Con lo que me gusta cocinar a mí! Pero uno aprende, aprende incluso a despedirse. Cuando la casa está en silencio me entra miedo, creo que se ha ido y pongo la música más fuerte para despertarla. O voy y le digo al oído que si quiere merendar. Y hago leche para los dos.

No quiero aburrirte.

Hoy querría tenerte frente a frente y felicitarte por tu recorrido literario. Has conseguido lo que querías, Mario. Señor Bellver, un día te premian. Y ya sabes de qué hablo, querido.

Los piropos sientan mejor cuando no lo esperas. Por eso te escribo hoy. Porque me da la gana darte la enhorabuena, porque tu texto —huelo el trasunto del personaje y las puñaladas a los que se las merecen— es magistral. Es bello. Es delicado. Y has mejorado la técnica. Si a escribir bien se le puede llamar técnica. No lo sé.

Estoy deseando leerte de nuevo. Parezco una de esas lectoras que se te acercan y te dicen: «¿Para cuándo la próxima? Me la he leído en dos días». Pues sí. Nos reíamos mucho de ellas porque creíamos que desconocían el trabajo que implica escribir. Pero no, Mario. Tienen razón, tienen todo el derecho del mundo a exigirte. Yo lo hago hoy. Desde aquí, mientras pelo la manzana que ahora trituraré para que coma fruta mi madre. Tiro las pieles a la basura y regreso al texto, cojo una naranja para exprimirla y regreso al texto, le limpio las lágrimas y... regreso al texto.

Soy una de ellas, de las lectoras: ¿para cuándo la próxima?

¿Será Lisboa? ¿O es Lisboa la huida de algún amor de esos tuyos?

¿Te insisto?

¿Por qué eliges tan mal, amigo?

¿Qué andas buscando en ellas?

Olvídate del *amor fou*, de las pasiones esas que luego utilizas para los personajes, que te conozco, que lo único que te llevan es al punto final. Y no queremos puntos finales, queremos comas, puntos seguidos y, sobre todo, dos puntos. Habla, conversa, sal, disfruta de Lisboa y llámame, cabrón. Que sabes mi número.

Aunque, como decía Virginia: me gustas cuando callas porque sé que estás escribiendo.

Te abrazo.

Postdata: me gustó la novela.

43.

Carta a mademoiselle Alice Prin
Hotel Istria, París.

Estimada Kiki:
Tendrías que estar aquí, conmigo. Acabo de ver cómo mi madre vacía el bolso en busca de las gafas y he recordado cómo dabas la vuelta al tuyo para sacar todo sobre alguna de las mesas de La Rotonde. Un poco de color en los labios y ¡lista para la vida! Las noches en las que salía de fiesta por Madrid me acordaba mucho de ti; aquel local infernal y barroco llamado Polana estaba poseído por tu espíritu, contagioso y espontáneo, como el *Why not?*, donde cada vez que bajaba las escaleras encontraba el ritmo adecuado antes siquiera de pisar la pista de baile. Y, también, la mirada desconocida que en dos minutos se hacía familiar e íntima, como si fuera a hundirse el Titanic y hubiera que aprovechar las últimas horas de vida.

Te escribo al hotel Istria porque me han dicho que estás alojada otra vez ahí; sospecho que no andas bien, me contaron que Man Ray regresó a su tierra, que te dejó con las ganas y un amor pendiente de cerrar. Sé qué es eso. Créeme, Kiki. Sé lo que significa que te dejen y que se vayan cuando más falta te hacen. Pero bueno..., pienso en qué harías tú y lo intento, procuro imitarte.

Te escribo fundamentalmente porque quiero darte las gracias por hacer que Alice y Ërno estén de nuevo juntos, ¡qué pareja!, ¿verdad? Gracias a ti esas cartas que escribía nuestra amiga llegaron a destino, se habrían quedado con su dolor en algún cajón de la tienda. Menos mal que se las diste a él y... llegó el reencuentro.

¿Sabes que los enamorados viven en Manhattan? ¿Sabes que tienen habitación fija en el Plaza? Ay, Kiki, qué feliz me siento de haber contribuido a ello, como tú. Cada uno a su manera. Es mi trabajo oculto, el de escribir y procurar la escena para que todo suceda. Tú lo cogiste al vuelo en una de las páginas cuando viste que Alice se lamentaba misiva a misiva.

Quiero que sepas que ahora tengo pendiente visitarte, dar una vuelta por el bulevar y sentarnos en Chez Rosalie, donde el guapo Modi. Yo sé que no habrás cruzado la orilla, que la parte derecha es un aburrimiento, que la *rive gauche* tiene y tendrá la magia de los canallas, pero, si me acompañas, debemos ir juntos más allá de la isla. Cruzamos el puente de Louis Philippe y te invito a entrar en lo que ahora es la tienda de Alice. Les escribí diciendo que iríamos. No son muy expansivos, nada que ver contigo, pero han perpetuado la magia de nuestra amiga. Ahora se llama Melodies Graphiques, tienen libretas, sobres, sellos y un sinfín de objetos relacionados con la papelería. Tiene gracia, las cartas que consiguieron unir a la pareja son ahora decoración en las paredes, bajo la escalera que conduce a la primera planta. Es tan bonita... Debemos ir, Kiki. Debemos ir, aunque te cueste la vida cruzar la orilla y salir de tu nido.

Entiendo que la echas de menos, yo también. Alice es mucha Alice. Debemos estar felices por ella, porque los amigos debemos alegrarnos por el amor de los demás.

Tenemos muchos recuerdos por recorrer. Me topé con una foto del día de la boda en el jardín de Madeleine y me pareció ver algo que no noté en aquel momento: un cierto halo de tristeza en tu cara. No sabes disimular, amiga. Por eso me han entrado ganas de hablar contigo, de que seas mi anfitriona en París, en ese París que ya no existe.

Dime qué día puedo ir a visitarte. No me huyas, Kiki.

Y cuidado con eso que tú y yo sabemos; te da momentos de satisfacción, de euforia, pero... te puede quitar la vida. No soy tu padre, ya lo sé. Ni debo darte consejos. ¡Quién se atreve a decirle a la Reina de París cómo debe actuar! ¿Quién soy yo, amiga? ¿Quién?

Déjame escribirte dos últimas cosas:

El cartel de la tienda con la leyenda «Aux tissus des Vosges. Nouveautés. Alice Humbert» estará colgado en mi futura y pequeña librería. Creo que es el lugar. Están terminando las obras y he puesto un clavo en la parte central. Para que se vea, para que la vean. Es un faro. Como tú y tus palabras.

Y dos, la más importante. Gracias infinitas por la clave:

Las cosas del corazón se reducen a dos simples posibilidades: se ama o no.

Con ganas de abrazarte, M.

44.

Vuelvo a estar con la bolsa de las pertenencias de mamá en el hospital. Ella está en quirófano, yo en cafetería con un bocadillo de tortilla y una

Coca-Cola que me sentará mal dentro de un rato. Pero le hago caso. Antes de que el enfermero se la llevara en camilla ha insistido en que comiera algo, que me alimentara bien, que estas cosas suelen durar.

Así es mamá.

Me pareció una expresión tan hermosa como rebosante de amor. Vi en ella, seguramente de forma mecánica, una representación del cariño que nos tenemos.

«Ahora te veo, no tardes», le he dicho para tranquilizarla. O para tranquilizarme.

Esta vez tienen que rehacerle el párpado para que no vuelva a rasgarle la córnea, maldita sea. Los últimos días ha estado a punto de perder el ojo porque descubrieron que por una pequeña herida que estaba martirizándola veinticuatro horas al día se estaba vaciando el mismo ojo donde ya sufrió el cáncer. «Se le podría haber secado», dijo la doctora.

Hoy luchan por salvarlo.

La doctora dice que van a ponerle un trozo de labio en el párpado inferior; ella no lo sabe, la dormirán y saldrá dando besos con la mirada. Eso es lo que le diré, que es la primera persona del mundo que puede hacerlo. Que me puede lanzar besos desde lejos, como cuando me iba al colegio y esperaba desde la ventana hasta que desaparecía como los barcos en el horizonte.

Extraña espera otra vez.

Todo en la vida es esperar. Penélope bordando para hacer tiempo, como si el tiempo se pudiera hacer. Ojalá. Esperaba nervioso Gatsby a que se encendiera la luz verde al otro lado de la bahía, y Aureliano frente al pelotón. También lo hacía el viejo ante su mar, o el cartero de Pablo Neruda. Y esperaba el pueblo a ver a su rey con el nuevo traje. Esperaba el viejo que leía novelas de amor escondido bajo la barca, esperaba Alatriste cómo caía la noche, esperaba el muerto de *Diez negritos* en su habitación mientras iban cayendo otros, esperaba la abuela a Caperucita con su cesta a que cruzara el bosque, esperaba la Maga en el Pont des Arts, esperaba el Aleph, esperaba el amante, esperaba la amada. Esperaba el ciprés la hora de la sombra, esperaba la portera a la niña, esperaba el niño con el pijama de rayas.

Cierto es que todos estamos esperando, como todos los familiares en aquella sala de postoperatorio. Pero, seamos sinceros, ¿quién no está a la espera? La vida es una secuencia de esperas. Bien sean individuales, bien colectivas. El país espera que se acabe la crisis, el edificio espera a que venga el técnico del ascensor, la vecina del quinto espera a que llegue la compra, el encargado del supermercado espera que no le vuelva a tocar ese domicilio, el portero espera al de Correos porque así podrá cerrar y sentarse con su familia a comer en la pausa de dos horas que le corresponde, la mujer lo espera con la comida caliente, el hijo espera que no vuelva a hacer lentejas, que las odia, el padre espera que salga mejor estudiante que su hermana mayor, la hermana espera que le conteste al WhatsApp el chico del que se ha enamorado, un camarero de discoteca que ya dijo el padre que esperaba no volver a ver en la entrada de casa. La anciana espera sentada a que acabe el programa de la lavadora, se equivocó y no echó el detergente correcto, espera que no se le estropee el jersey que le regaló su nieta. Espera el gobierno que nadie critique la ley que firmará hoy en Consejo y que no prometió, espera el periodista en la puerta, mientras le esperan a él para cerrar edición, espera la limpiadora que no entre ninguno en el baño porque no quiere volver a fregar, quiere irse a casa, porque acaba su turno, el turno de la compañera que espera llorando en la parada de metro. Esperan muchos en el andén, esperan a que la luz vuelva a funcionar y se active la corriente del subterráneo. Espera el consejero de transportes que no suceda en esa línea recién estrenada, espera no ser criticado, espera echarle las culpas al anterior gobierno, espera su antecesor con la mano a punto para dar a publicar un tuit en la red. Espera el cambio de monedas el estudiante que saca el tique en la máquina donde hay cola de gente esperando para recorrer la ciudad como turistas. Esperan que no llueva, espera el camarero a que pida la pareja y espera la siguiente a que llegue la cuenta. El mundo entero espera. El parto, el divorcio, el trabajo, la boda, el cumpleaños, el fin de semana, las vacaciones, la Nochevieja, el verano. Esperan también que no pase el tiempo, que va muy rápido, demasiado para tan poca vida. Pero eso no lo piensa el niño, inmortal, lo piensa la abuela, que sabe que habrá pocos cumpleaños por delante y da todos los besos en cada visita mientras el nieto se los quita con el revés de la mano. Espera hacerse mayor. Espera el viejo con volver a ser ese crío al que no le gustaban los besos.

45.

Hacer tiempo. Tomarse su tiempo. Salir al camino.

Dar tiempo al tiempo.

46.

Un día próximo a la llegada de las cajas de los libros, estaba sentado en la terraza del bar desde la que se divisaba la fachada, ya azul. Solo. Libreta en mano.

Entonces se me acercó una chica para preguntarme: «¿Está con un nuevo libro?». Me quedé un momento callado antes de contestar. Siempre me resulta raro responder a esa pregunta. Uno no deja de escribir, ni siquiera cuando no está escribiendo. Hay una historia rondando por la cabeza, una frase, un personaje, una imagen final donde desembocar el río de ideas. Me hubiera gustado contestarle: «Sí, es esta libreta que ves. Aquí está la próxima novela». Pero no. Miré hacia la librería, donde empezaban a llegar los repartidores, y dije:

—Esa es mi próxima novela.
—¿Cuál?
—Esa de portada azul.

En la cabeza me aparecieron todas estas palabras que ahora comparto, el nacimiento de La librería de Doña Leo. El argumento es sencillo, debí decirle. Un viejo horno de pan convertido en tienda de libros, donde un escritor hará su sueño realidad. Pero debí quedarme mirando a ese otro lado de la bahía, como Fitzgerald. Como Jay Gatsby. Misterio y magia. El símbolo del deseo. En medio de la noche, caminar por la playa y descubrir esa luz al final del cielo, en un horizonte difuso. Con la mano alzada, señalas. Una brújula que está señalando el norte. El anhelo.

El personaje de Fitzgerald deseaba alcanzar la luz verde. Allí estaba Daisy. El deseo de volver a amar, no a la mujer que era ahora, sino a la que había sido, a la Daisy joven y resplandeciente, la Daisy que florecía con él. Y él con ella. La mujer que amó en la juventud había desaparecido y esa luz verde se lo recordaba. Verde esperanza. El deseo puede morir, pero la esperanza —a veces— no lo hace.

«Gatsby creía en la luz verde, el orgásmico futuro que, año tras año, aparece ante nosotros... Nos esquiva, pero no importa; mañana correremos más deprisa, abriremos los brazos, y... un buen día...».

Un buen día era hoy.

Las cajas estaban amontonándose en el interior de la librería. Decenas, cientos de títulos a la espera de ser ordenados en las nuevas estanterías que, limpias, esperaban argumentos, personajes, lugares literarios.

Así cogimos el cúter, con la ansiedad de esos días de Navidad, como regalo que eran.

—¡No puede ser!
—Tenía que suceder.

El primer libro que salió de las cajas fue *Platero y yo*. El libro fetiche, el burrito que me había acompañado desde niño en la mesilla de noche, la novela más veces leída, la que colecciono en ediciones e idiomas, fue la luz que salió de la primera caja. Juan Ramón Jiménez decía hola. Platero rebuznaba con ese pelo suave, tan blando por fuera, que se diría todo de algodón, que no lleva huesos. Sus ojos de azabache fueron los primeros en entrar en el nuevo prado de libros. Y, tal y como habíamos previsto —¡cómo es el destino!—, ocupó la pequeña repisa del pilar principal de Doña Leo. Por dentro, mascullando, dije: «¿Platero?», y creí verlo venir con ese trotecillo alegre que parece que se ríe. El cascabeleo de su aparición fue el mejor signo de que las cosas irían bien.

47.

Todos los deseos se habían escapado siempre demasiado lejos, o demasiado pronto. La fachada azul de mi pequeña librería parecía que se anclaba por fin en alguna buena roca del fondo del mar. El barco fondeaba seguro. En ese momento, con un novísimo ejemplar de *Platero y yo* en la mano, todo parecía ficción, tan irreal la casualidad que parecía fábula, como si estuviese escribiendo una novela o de un momento a otro alguien fuera a gritar en medio de la plaza del pueblo: «¡Acción!».

48.

El niño adulto que había leído hasta memorizar la obra de Juan Ramón estaba deseando que sonara *Firework* de Katy Perry, pero, claro, en la literatura nada tiene música. La pone el lector.

49.

Las cajas fueron vaciándose y mientras las estanterías iban llenándose de libros, las flores iban llegando en cestas y jarrones, los vecinos entraban y salían. «Esto va adelante», decían como quien da una palmada en la espalda. Y sí, aquello iba creciendo. «Buenos días». «Muy buenos días, Mercedes». Este libro aquí, aquel allá, la autora de éxito, el autor de romanos... Arriba, abajo, derecha, izquierda... «¿Hay tiempo para un café o andáis muy ocupados?».

¿Tan grave es que ahora no describa el proceso aburrido de ir ordenando por editoriales, temáticas, autores toda la disposición de la librería? Nos lo ahorramos. Cada cual podrá imaginárselo. Cada cual podrá recrear la escena de la ordenación y reparto de ejemplares. Leo y yo nos

sentamos en el suelo.* O yo me senté con ella. Satisfechos. Esa es la fotografía del final del inicio de La librería de Doña Leo.

Un hombre y su perra, café en mano en una taza, observando la vida de los que van y vienen, de los que saludan, de los que hacen un gesto aprobando el ritmo de la apertura, los coches que frenan como si el azul de Prusia fuera el rojo de un semáforo, los que miran y sonríen. O viceversa.

La prensa diría: la inauguración fue un éxito. El Ayuntamiento cortó la calle ante la avalancha de vecinos, lectores, curiosos y autoridades. Un dúo de violín y chelo puso la banda sonora al martes 10 de enero de 2023.

El corazón sentía: esa preciosa fachada azul empezó a latir de par en par, los personajes empezaban a saltar de estantería en estantería, corsarios, Blancanieves, enanos, sinvergüenzas, canallas, cantantes, modistas, espadachines, labriegos y princesas, mezclándose con los lectores, que, felices, traían flores y elegían sus primeros viajes. El mostrador repartía los billetes de tren, de avión y espaciales. Los libros empezaban a salir bajo el brazo, como antes salieron las barras de pan del horno, dispuestos ahora a alimentar almas. Los abrazos, los besos y las palabras que, ordenadas, creaban otra historia en ese momento. Esta. Esto que lees ahora sucedía de verdad en el kilómetro cero de la felicidad. Así lo bautizamos: #kilómetrocerodelafelicidad

Dondequiera que estén los recuerdos de aquel día en el que la calle se bloqueó de gente para aplaudir la apertura de una librería de pueblo, está también el niño que lee en la habitación. Porque la belleza de los recuerdos es que no envejecen, se van envolviendo de ámbar, como las hormigas que quedan atrapadas mientras suben por el tronco del pino en busca de alimento. La ficción lo protege. Cada vez que revisitamos

* Doña Leo y yo nos sentamos en el sueño.

un momento, lo rehacemos con algo nuevo. La memoria es muy novelera, como dijo también Luis Landero.

Nada en una obra literaria navega a lomos de un caballo de verdad, y vive la mentira en cada frase con derecho propio y con nuevas formas. No solo porque un texto literario es un ser vivo, sino porque envejece y rejuvenece a ojos del lector. Una de las características de la novela es que la lectura la mantiene fresca, la retuerce, la detiene y la mueve.

Cada vez que pasamos una página, algunas de las letras se vuelan, se pierden los plurales y cierto verbo se conjuga diferente. Así que, de entrada, conviene leer poquito a poco, pendiente de las palabras que, pronto, cambiarán de lugar.

Un texto literario es fecundo, nace en tierra yerma, así es una hoja, un lugar sin riego. Pero el escritor lo labra, lo nutre, lo riega y lo deja crecer. El lector recolecta frutos, los disfruta y tira los huesos en las páginas perdidas. Allí nacerán nuevas ideas. Incluso para el mismo lector, que, pasado un tiempo, podrá leer de nuevo el libro y sentirlo diferente. La voluble memoria, la efervescente imaginación y la juguetona fantasía, todos los vínculos se unen. Aquí y ahora.

Por eso antes nos sentamos en el suelo.

O, como la nota al pie, nos sentamos en el sueño.

¿Qué quedará en la memoria?

El hecho de escribir este recuerdo, el nacimiento de mi pequeña librería, equivale a rastrear en la memoria, como si —ay, infeliz— esa tuviera razón.

Recordamos para volver a vivir. Para saborear el placer de un momento caduco, conscientes de la limitación que tiene el tiempo, haciendo la travesía a la inversa, recogiendo las migas que quedan, confiando en que cuando lleguemos al recuerdo... quede algo.

¿Qué buscamos cuando decidimos ir en busca del tiempo perdido? Esta pregunta inequívocamente proustiana solo puede tener una res-

VIVA
MI
DUEÑO

puesta: entender el presente. Sin más. Al aflojar la tensión del hoy, encontramos el ayer, con la sencillez de un niño que dibuja una casa con camino, árbol y chimenea de humo vivo.

Así es el recuerdo, algo simple. El tiempo resta, resuelve, aclara, ayuda, reduce, abrevia, separa y facilita.

50.

En el diario escribí:

> La primera lectora se llama Piedad y entró cuando todavía estábamos montando la librería y abriendo cajas. Es la cartera. Escogió una trilogía negra que luego cambió por *Adiós, pequeño*.

51.

Andrea Reyes fue la primera en hacer una ilustración de la librería. Está colgada en la trastienda. Hicimos postales. Los niños empezaron a convertirla en dibujos para trabajos de clase. Los turistas llegaron, como si, además de libros, vendiéramos lotería. Llamadlo ilusión. Por eso no pusimos campanillas en la puerta, porque, en ocasiones, la sonrisa tiene cascabeles.

52.

La Navidad en la que escribo este recuerdo huele a leña y cera de azahar, a pularda y manzana al horno, a chocolate y hierbas del campo, a manta y pis de la perra, a libros y acuarela mojada, a vaso de leche, a café con leche, a cafetera. El viento que trae la montaña por la que paseamos tiene el paisaje seco, amarillento, cruje bajo nuestros pies. Las piedras en las que nos sentamos, un murete roto, que fue final de camino, tiene caracoles blancos secos que al tocarlos caen al suelo como confeti. El tiempo está parado en el horizonte de la Nochebuena, con el castillo iluminado tímidamente de verde, recortado con tijeras de niño en algún trabajo de clase. Es de mentira cuando la luna, casi llena, se anuncia en el cielo. El azul pasa a negro y el castillo a magenta. Las bombillas del puente parecen más porque se repiten en las ventanas donde la vida se muestra. Van y vienen, desaparecen, intuyo que se sientan, intuyo los besos, intuyo los deseos, los cumplidos, los lamentos. El «cómo le echamos de menos», el «no es lo mismo sin ella», el «por nosotros y por todos». Las copas que chocan, el champán malo, las burbujas por la nariz y la niña que mira embobada su árbol, que parpadea al compás de la música de los villancicos.

Tiene la vida un no sé qué que asusta, la prisa, la pausa y los recuerdos, que se mezcla con fuerza en esta tarde de diciembre. Una como todas, la misma de siempre y a un tiempo distinta cada vez, como la huella de las olas del mar en la arena. Repetitiva y cambiante, diversa y opuesta.

Ahora en casa somos dos: madre e hijo. Y la perra que duerme en el sofá por todos los que no están.

Los regalos son azules, con cinta roja y cartoncito de «feliz Navidad». Están junto al belén de fieltro. *Escritores españoles en París*, *Marguerite Duras* de Adler y *Shakespeare and Co*. Los tres, mismo espíritu, elegidos por mí en la librería y envueltos por Yolanda para que me sorprenda.

—Cómprate lo que quieras, que yo te lo pago.

—Vale, mamá.

—¿Libros?

—Libros.

En la noche los abro. Y mamá abre su jersey de lana que le he comprado. «No hacía falta», dice como anunciaba la previsión de los sentimientos. «Sí que hacía», le respondo, consciente de que tenemos muchas visitas médicas por delante. «Bueno», me dice doblando el bonito jersey sobre sus piernas a modo de manta. Leo la acaricia, como elogiando el regalo, para que sepa que a ella le gusta, que tiene ganas de verla vestida con él. Luego se viene a mi lado para quedar bien, con el rabo entre las piernas, fingiendo languidez. Pero me gusta esa blandura, la hace adorable. Tanto que se sube al sofá y pasamos la Navidad juntos, ella a mi lado, yo leyendo a Marguerite.

«¿Qué es esa necesidad constante, paralela a la vida, de escribir?».

53.

Marguerite tuvo una relación a los sesenta y seis con un joven treinta y ocho años menor, Yann. Relación tóxica, lo llaman ahora. Obsesión, entonces.

El chico empezó a leerla con devoción, sin importarle otra cosa. Tanto que decidió escribirle para contarle todo lo que la admiraba. Una carta tras otra. Querida Marguerite.

Las misivas no tuvieron respuesta de la Duras.

Pero un día, al abrir el buzón, Yann encontró un sobre. La dirección fue clave. El joven Yann se plantó en la casa de la playa, la besó y se hicieron prisioneros uno del otro.

Estuvieron juntos dieciséis años. Solo la muerte de Marguerite los separó.

54.

«Ningún amor puede sustituir al amor».

Marguerite Duras.

55.

El tiempo fue convirtiendo la librería en un lugar de peregrinación, como Shakespeare and Company en París o Lello en Oporto. Aquellas, hermosas, icónicas e idolatradas, pero esta, pequeña y extrañamente mágica. Los lectores franqueaban la puerta azul llegados de todos los lugares de España. Venían hijos con su madre, como regalo de cumpleaños, para conocer el lugar. Llegaban parejas en viaje de novios. Familias a pasar el día. Domingueros de diario. Amantes de los libros que sentían las letras como tatuajes. Moteros en grupo. Escolares, jubilados, clubes de lectura. Niños en busca de la perrita Doña Leo, que, muy zalamera, les lamía las manos y se tumbaba panza arriba para recibir los cariños prestados. Olfateaba a las buenas personas que entraban en su mundo, como uno más. Y su cara empezó a hacerse conocida: la perrita con gafas. De pronto una bolsa, una taza, una cajita de música, una libreta. La mesa central servía de conexión entre miradas —las vi de coqueteo y enamoramiento entre extraños— y para saludarse entre cumbres borrascosas y caminos a Macondo. Los libros hacían de crisol donde precipitaban los anhelos colectivos. El piropo conjunto, la señora que asentía a las adulaciones del señor, los arrumacos de la perra, las alabanzas por el pequeño negocio en un pueblo de interior eran las flores que adornaban las conversaciones entre unos y otros. Y sí, unos a otros se recomendaban lecturas, se pasaban novelas desde una orilla a otra, las estanterías se vaciaban y cambiaban los géneros y los personajes de lugar.

El cortejo de lectores en Doña Leo era con la lectura.

Mi pequeña librería era de pronto una de las salas de Alicia que, gracias a una pócima servida por un perro, hacía que entrara más gente de la posible. El milagro de los peces o la ficción en la realidad.

¿Cómo era posible que un lugar tan pequeño se hiciera grande? Así como el personaje de Lewis Carroll aumenta y disminuye de tamaño varias veces, nosotros también sentíamos ese poder sobrenatural e inexplicable. El hongo del que come Alicia es como pasar de ser David a convertirse en Goliat y tener el poder y la victoria a mano.

Todos necesitamos un libro para tener el tamaño que necesitamos, para enfrentarnos a situaciones, para crecer o para volver a la niñez, para viajar o saltar en el tiempo. Solo existen los libros.

Cuando Alicia se encuentra al gato de Cheshire sucede algo importante.

«—¿Podrías decirme, por favor, qué camino debo seguir para salir de aquí?

—Eso depende en gran parte del sitio al que quieras llegar —dijo el Gato.

—No me importa mucho el sitio... —dijo Alicia.

—Entonces tampoco importa mucho el camino que tomes —dijo el Gato».

Parafraseando a Carroll podríamos cambiarlo para hacerlo nuestro.

—¿Podrías decirme, por favor, qué camino debo seguir?

—¡Oh! Da igual qué libro elijas, si lees bastante siempre llegarás a alguna parte.

A esas personas que venían desde lugares lejanos hasta nuestra librería, no solo me apetecía abrazarlas y decirles «gracias» o «te quiero». También me venía a la cabeza el texto de Alicia.

«—Aquí todos estamos locos. Yo estoy loco. Tú estás loca.

—¿Cómo sabes que yo estoy loca?

—Tienes que estarlo, o no habrías venido aquí».

56.

Convertir el horno de Chavalín, Jesús y Pepi, en una librería fue algo muy divertido. Seguí el consejo de Sylvia Beach en la rue de l'Odéon, cogí las antigüedades de la tía Gregoria, hermana de mi abuelo Victoriano, el teléfono de baquelita negro sin dial, y empapelé las paredes con fotografías de lectores ilustres. Un hombre poco mañoso, por la edad, finiquitó la puerta de entrada y colgamos la lámpara azul en el centro de la librería. Luego conseguimos poner las letras del cartel con ayuda de una empresa especialista en tipografías. Costó lo suyo porque cada letra pesaba un quintal y era difícil pegarla. Las pintamos de dorado. Juan, Miriam y Marina aplaudieron con ganas cuando todo estaba puesto en su sitio. Ramos de eucalipto en las esquinas, una radio vieja regalo de un amigo comerciante, Luis Ramiro, y el muñeco con mi cara que me había enviado la escritora Andrea Stefanoni presidiendo uno de los pilares de delicias literarias.

Los carpinteros fueron muy irregulares con su trabajo, la puerta no llegaba al suelo, hubo que poner una cinta por detrás con escobilla para que no entraran las ratas o el viento, y la manivela, recolocarla con más mimo porque no estaba a la altura de la cerradura.

Todo el mobiliario lo escogí de aspecto antiguo. A veces me preguntaba si al día siguiente me convencería algo tan clásico, como hacía Sylvia. Con tanta gente tocando, entrando y saliendo, y esos muebles de los años veinte observando la vida y a los parroquianos.

Todo fue un acierto. También las ramitas de lavanda sobre el arco de la trastienda, la fotografía en blanco y negro de Ana María Matute o el *skyline* de París en una de las ventanas del escaparate. «Muy bonito». Lo decían. Y realmente lo era.

Por eso debo volver a esos días en los que abrimos las puertas de la librería.

No llegaron todos los libros y tuvimos que poner los ejemplares de frente, orgullosos de las cubiertas, como si tras ese libro hubiera muchos más. Todas las cajas se quedaron en algún lugar de La Mancha cuyo nombre la distribuidora no quería o no sabía identificar. La mesa, que pretendía estar rebosante de títulos, tuvo que llenarse de botellas de cava y pasteles. Y aromas. Pronto, decenas de ramos de flores fueron llegando de todos los lugares de España. Era milagroso, Doña Leo nacía tímida pero seductora, perfumada, balsámica. En ese momento de caos y desastre editorial, hubo que tirar de milagro, de sonrisas, de copas de champán. El hechizo se hizo contagioso, la calle era resultado de la alquimia y de los conjuros que todos los personajes hacían junto a nosotros. Los imaginaba agarrarse de las manos de un estante a otro, fuertes y comprometidos con el sueño, disimulando que eran pocos, mientras la plaza del pueblo se convertía en un hervidero de ciudadanos.

¿Qué prestidigitación hicimos para que todo fuera bien?

¿Cómo surgió?

¿A quién le debo la magia?

Apagado todo, las luces sosegadas, una fotografía en la pared pareció moverse entre las demás. Era la de Ana María Matute. La autora de *Olvidado Rey Gudú* era la responsable. Lo supe. Era su regalo. Fui a rozar con las yemas de los dedos la imagen cuando cayó uno de los libros al suelo y se abrió por la página en la que la madre le contesta al hijo en esas cartas tímidas y soñadoras. «Todo irá bien», decía la frase de inicio.

57.

Veo a mi madre, la leña de la estufa y la perra dormida, y digo basta.

—¿Qué haces, escribir?

—Anotar una frase que quiero que no se me olvide.
—Ah. Pero ¿ya tienes otra novela?
—Estoy contando la historia de la librería.
—¿Para que no se olvide?
—También, mamá. También.

58.

Que no se me olvide contar que un día llegó un voluminoso paquete con el nombre de Clara, mi madre, a la librería. Pensé no abrirlo y que, al llegar a casa, fuera ella la que descubriera su presente. Pero todavía siento miedo a las sorpresas. Tal vez por acumulación de fallos, tal vez por ausencia de ellas. Así que rasgué la bolsa de Correos y el papel Manila que envolvía el regalo para Clara. Yolanda miró de reojo porque siempre le digo que sea ella la que abra todo lo que llega a mi pequeña librería, que ella es soberana, emperatriz y fidelísima; pero su prudencia es superior a la eficacia, bondad y amistad. Así que, con la sonrisa que dibuja siempre, agradecida a la vida que le ha robado, sin embargo, tantas cosas, iluminó los ojos.

Yo también.

Una toca de ganchillo de color rojo.

La enviaba una lectora y se sumaba al deseo que compartí cuando conté que le había pintado las uñas a mi madre como rebelión a todo el tiempo que mi padre no le dejó pintárselas. Rojo era el nuevo color de vida. Rojo, el que nunca llevó ella. Rojo como el corazón de los emojis, el de las cintas marcapáginas y el de los sillones de los existencialistas de Les Deux Magots. Rojo carmesí. Rojo rebelde. Rojo pasión, rojo eterno y único. Rojo revolucionario. Sangre, existencia: vida.

Mamá llegaba tarde a la vida. Pero gracias a muchos lectores —seamos sinceros, lectoras— empezaron a llegar regalos que harían aplaudir a Sartre, a Simone de Beauvoir, a Camus y aquellos que se sentaban en las mesas del boulevar Saint-Germain.

Llegaron también frasquitos de laca de uñas. Rojos. Y cartas en sobres rojos. Dulces envueltos en el mismo color. Y, un día, sin esperarlo, un vestido rojo que mamá cogió con las manos temblorosas y, tras mucho silencio, levantó la vista y la clavó en mis ojos sin decir nada. Jamás tanto silencio dijo tanto. La imaginé tragando lágrimas por los caminos de Utiel vestida con ese rojo, sonriendo al mundo que le dijo adiós y diciendo ahora hola al que le llegaba de gente desconocida. ¿Cómo entender un dolor? ¿Cómo compartir la felicidad y la burla del destino? ¿Cómo puede cambiarse ahora el tiempo, volver atrás, corregir la vida?

Durante un segundo, mamá fue vestida con ese rojo.

Y recordó lo que, atragantado en el pecho, no la quebró por fuera, sino por dentro.

Simone lo dijo: «No se nace mujer: una llega a serlo». La personalidad de una mujer no se define por la genética, ni por la condición femenina. Una mujer que lee, que escribe, que es culta, que sabe lo que quiere, que viaja, que desea viajar, que se interesa por el mundo, por la política, por la vida, por su vida... siempre será un peligro.

Mamá fue un peligro. Y por eso nunca vistió de rojo.

La anciana madre, ahora, se abrigaba frente a la estufa con la toca que una lectora había enviado a la librería.

Habría ahora que imaginar a Simone mirando cara a cara a Clara. Las dos en el escay rojo en el que nunca coincidieron y sin embargo frecuentarán más adelante.

—Nadie es más arrogante, violento, agresivo y desdeñoso contra las mujeres que un hombre inseguro de su propia virilidad.

—Yo no quiero criticarle.

—Lo haré yo por todas. No soy una luchadora, ni una revolucionaria. Solo le doy vueltas a la cabeza. Me busco a mí misma.

—Yo también.

—Y... ¿dónde te encuentras, Clara?

Mamá se miró las uñas rojas en esa conversación ficticia.

59.

En esos días de regalos, mamá fue haciéndose preguntas. «Habrá que responder a toda esta gente que me envía cosas», propuso. Le dije que lo haría a mi modo, que sí, que respondería en su nombre.

Hoy lo hago desde aquí. Desde este libro. Mamá te da las gracias. A ti.

A ti.

A ti.

A ti.

—¿Cómo quieres que lo haga, mamá?

—No lo sé. El escritor eres tú.

60.

El libro de Simone de Beauvoir está situado en la estantería de libros que nos gustan especialmente. Como si eso fuera decir algo. Porque en la librería todo nos gusta de alguna manera, por su sorpresa, por su trama, por su juego, por la sensibilidad, por la pasión, por el sigilo, por la franqueza, por el candor, por la verdad, por el descaro, por la lisura, por las preguntas que genera o por lo que nunca sabremos descifrar. Esos son los libros más luminosos, los que dejan un silencio final cuando los terminamos. La respuesta es asombrosa, los libros que nos callan, los que apagan la sala de estar, los que aún sobre la mesa o en nuestras manos dicen y miran. Nos dicen y nos miran.

El invento es fácil, palabras sobre papel. Una tras otra con sus espacios enfrentadas en páginas pares e impares. Un invento que ha pasado de generación en generación y que ha permitido darnos información de la historia, que nos hace aprender, ejercitar la mente, conocer nuevos mundos sin necesidad de carabelas, inesperadas culturas, un naciente imaginario, una conversación diferente, otras palabras y sonidos. ¿Cómo puede un libro sonar a ruido de aves, a tormentas, a agua rompiéndose en las rocas, oler a hierba de Escocia, transmitir el frío, el crepitar de las llamas, el sabor del whisky, unas sábanas ásperas, un terciopelo ajado, las manchas de hollín, la sed del protagonista, el miedo, la oscuridad, la luz? ¿Cómo podemos pasar unos días en la selva junto a Antonio José Bolívar Proaño, *el Picante*, en la región del Amazonas con los indígenas shuar? ¿Cómo sentarnos alegremente junto a Jane, Elizabeth, Mary, Catherine y Lydia, hijas casaderas de la familia Bennet, y esperar el té? ¿La velada en la que el señor William Lucas sugiere a Elizabeth como compañera de baile para Darcy y esta lo rechaza con razón ¿es nuestra o de ellos? ¿Siguen amargas las almendras como los amores contrariados? ¿Sigue orgullosa y altiva Fermina Daza? ¿Qué tiempo hace ahora en Vetusta? ¿Nos espera Ana Ozores con ese halo de aburrimiento y soledad? ¿No anhelamos algo mejor, como ella?

¿Podemos abofetear abiertamente a los críticos que no entendieron a Emily Brontë y a todos los que la han adaptado mal? ¿Está todavía el señor Lockwood buscando casa? ¿Cómo ha envejecido Catherine, la hermosa joven de piel de alabastro, cabellos de rizos dorados y hermosos ojos azules? ¿Qué tiene entre manos la anciana Miss Marple, sigue en St. Mary Mead, sigue viajando a Londres con su sobrino, sigue fijándose en los pequeños detalles? Frente a ellos está Roald Dahl, con todos sus personajes. ¿Quién no quiso ser Matilda?

¿O entrar en la colorida fábrica de Willy Wonka? Todos esos personajes traviesos, excéntricos, inesperados nos gustan. Y nuestros libros, como a Matilda, nos permiten viajar a lo largo y ancho del mundo mientras estamos en nuestra pequeña habitación.

Esa es la clave. Viajar.

De la misma manera que la niña aprovechaba los ratos en los que la madre se iba al bingo para acudir a la biblioteca, nosotros entramos en otros mundos con un libro.

El invento es fácil —repito—, palabras sobre papel. Una puerta que se abre. La cubierta.

Y dentro la magia de Faulkner, Hugo, Colette, Stephen King, Ricardo Piglia, Harper Lee, Flaubert, Delibes, Shakespeare, Philip Roth, Jules Verne, Toni Morrison, Zafón, Eco, Jack London, Louisa May Alcott, Maupassant, Fitzgerald, Martín Gaite, Breton, Camus, Rowling, Steinbeck, Twain, Capote, Poe, Baudelaire, Lope de Vega, Unamuno, Chamberlain, Calvino, Saramago, Laforet, Didion, Gloria

Fuertes, Pessoa, García Márquez, Vargas Llosa, Gabriela Mistral, Honoré de Balzac, Ana María Matute, Irène Némirovsky, Alexandre Dumas, Zola, Baricco, Atxaga, Perrault, Pierre Lemaitre, Foenkinos, Wilde, Cervantes, Virginia Woolf, Orwell, Doris Lessing, Huxley, Follet, Kipling, Ginzburg, Rosalía, Lorca, Machado, Galdós, Chirbes o Brines.

> «Pero ¿cómo saber, sin la mirada, la hermosura del bosque, la grandeza del mar?».

Cierto, Paco Brines, tienes razón. No solo debemos leer, debemos mirar, salir, oler los campos de naranjas, tocar el barro que crea la gota de la fuente, el salitre que seca nuestra cara. Para escribir hay que vivir; para leer, sentirse vivido. O se nos quemará el pecho, como un horno, con el dolor de tus palabras, también las mías. Y hablaremos del mundo, desde el cielo, hasta que descienda la paz a nuestras manos, libro abierto. Lo dices tú, Paco: amar, pensar, mirar, sentirse vivo.

> «Vuelve la hora feliz. Y es que no hay nada sino la luz que cae en la ciudad antes de irse la tarde, el silencio en la casa y, sin pasado ni tampoco futuro, yo».
>
> Francisco Brines.

61.

Hay una imagen que no quiero olvidar. La de Doris Lessing cuando regresaba a casa del hospital tras acompañar a su hijo y bajó del taxi. Allí estaban los fotógrafos. «Al principio pensé que estaban grabando en la calle algún culebrón», dijo. «O que había pasado alguna tragedia».

—¿No has oído las noticias? No, respondió ella.

—Ha ganado el Premio Nobel de Literatura.

Era 2007. Recibió a la prensa con su falda vaquera, un chaleco guateado y un vaso de agua en la mano.

—Estoy encantada. Pero no sorprendida. Es el galardón más glamouroso, aunque no quiere decir que sea el mejor.

Cuando miro su novela en la estantería negra, *El cuaderno dorado*, la veo a ella también sentada aquel día en los escalones frente a los micros, desplomada junto a las plantas, el número 24 de la calle, las piernas abiertas producto del cansancio y la edad, el moño mal recogido, similar al de mi abuela Irene, una greña suelta, rebelde como ella, menuda, combatida, entusiasta; las manos en aspavientos sencillos, espontáneos, la incredulidad en el rostro, también el agradecimiento.

Miro ahora los libros de las estanterías como si todos los escritores se hubieran sentado con las piernas colgando, esperando ser elegidos, sin aspavientos, serenos, con el trabajo hecho. Algunos, cansados. Otros, bisoños. Ilusionados. En el trance de esperar... y esperar. Son ellos los que aguardan unos ojos que se pierdan por sus páginas, que frunzan el ceño, que se aturdan, entusiasmen y enajenen. Unos ojos lectores que atraviesen el bosque de palabras para grabar sus iniciales en algún tronco como signo de amor.

62.

Poco tiempo después de abrir mi librería, vi llegar a una pareja caminando desde el castillo. Ella, con un abrigo largo, ensimismada, y andaba de la mano de él, engarzados como por hilos, sin presión, ligeros y felices. Tenía las facciones hermosas, collar largo con una libélula y zapato plano para —a todas luces— igualarse a él. Su acompañante era moreno, delgado y con sombrero calado hasta las cejas. Ella era pelirroja. De un encarnado rubí, como el cobre que brilla limpio al sol. Un rojo hermoso, como el lomo de los libros antiguos, ese tono caramelo que juega con la luz creando puertas y ventanas cerezas. Eso parecía, un cesto de cerezas recién cogidas del árbol. Guindas con chocolate. Pecas en su nariz y en los pómulos formando constelaciones.

Un tren de color rojo. Ese que serpentea los Alpes suizos y llega a St Moritz tras atravesar cincuenta y cinco túneles y deslizarse por decenas de puentes. Las pequeñas cabañas noruegas de Lofoten alineadas y pintadas color carmesí, como la carne de los salmones recién pescados. El Golden Gate sobre las nubes. El faro Stykkishólmur, rojo y rechoncho. Las ondas de tierra y arena de los indígenas navajos, el cañón que se erosiona como si fuera música. El delta del río Liao en Panjin, China, donde miles de aves llegan hasta la playa de algas rojas. Un atardecer en Masái Mara, que se tiñe de almíbar con la magia de los elefantes coloreados por la misma luz. Un Chevrolet, un Ford, un Pontiac, un Cadillac, un Buick, un Dodge, un Plymouth, Studebaker... Esos carros americanos, reliquias de otro tiempo de brillo y opulencia, destartalados en una calle de Cuba. El lunar rojo en la frente de una mujer hindú, carbón y sándalo. Una cabina de Londres. Una hoja de arce en Canadá. Una pagoda. Un corazón. Una bola del árbol de Navidad.

Cuando retiraba la decoración del escaparate, llegó ella.

—Mi madre se llevó con ella la Navidad. Sus aromas, sus sabores, sus colores, sus canciones... Y hoy me has devuelto parte de ella. El milagro de una hermosa bola de cristal. No te imaginas lo agradecida que te estoy.

La miré, impactado por la frase.

—¿Quieres una bola de recuerdo? —le dije.

—La acepto.

—¿Esta? —le contesté ofreciéndole una que acababa de quitar de las ramas.

—Déjame cogerla a mí, como si fuera una manzana.

La miré estirarse sobre su columna y elevarse un palmo del suelo, voló, juro que voló sobre la acera. En el aire noté su perfume. Y, al descender, supe que era ella.

—¿No te acuerdas de mí?

Valentina era la chica que siempre leía los libros antes que yo. La que dejaba un cabello largo y cobre entre las páginas. La que me vigilaba sin yo saberlo. La que me hizo leer y leer todos los libros de la sección infantil en busca de pistas, también los adolescentes..., también los de pretendida madurez. Ella fue el hada de la lectura. La niña que leía.

—Claro que me acuerdo de ti.

—¿Qué libro te gustó más?

Pensé decir que el libro que más me gustó de todos fue ella. Porque Valentina fue la ruta por la que fui vagando hasta olvidar la vida real; con su impulso recorrí el mapa de novelas que llenaban los anaqueles de la biblioteca, esas alhacenas de conservas sobradas de proteínas con las que me alimenté en la niñez. ¿Sabía ella que la fui siguiendo? ¿Supo alguna vez de mi existencia?, me lo pregunté hasta olvidarla. Y ahora tenía la respuesta.

—¿De todos los que leí?

—Desde entonces hasta hoy.

—Eso es difícil... No sabría elegir porque cada uno llenó un momento. Tal vez... —dudé un segundo—. No. No podría quedarme con uno. Elegir se me da mal —confesé.

—Yo tampoco podría.

Sonreí como relajación.

Pensé que debía decir uno, que nombrando el más serio quedaría más elegante, que diciendo el más divertido quedaría más simpático, que recordando el de enigmas saldría reforzado en el misterio. Sin embargo, no era necesario tal jeroglífico. Bastaba con haber leído. Con dudar al recordar miles de libros en la memoria, mezclando personajes y argumentos, diciendo con franqueza la verdad, sin adornos.

—No puedo elegir un libro —repetí—. Todos me han hecho mejor.

—Hasta los libros malos, ¿verdad?

—¡Hasta los malos! Qué divertidos.

—Y... ¿podrías rescatar un personaje, aquel que te marcó? Tras mucho dudar, en este caso sí. Fui rotundo.

—Querría pasear con Platero.

—El burrito de Juan Ramón. Tan blando por fuera que se diría todo de algodón.

—... peludo, suave.

—... Solo los espejos de azabache de sus ojos son duros cual dos escarabajos de cristal negro. Lo dejo suelto y...

—... se va al prado, y acaricia tibiamente con su hocico, rozándolas apenas, las florecillas rosas, celestes y gualdas.

—Lo llamo dulcemente: «¿Platero?», y viene a mí con un trotecillo alegre que parece que se ríe, en no sé qué cascabeleo ideal.

Valentina me miró.

Nos quedamos en silencio con la sensación de las naranjas mandarinas, las uvas moscateles, los higos morados y la gotita de miel.

—Tiene acero.

Tiene acero. Acero y plata de luna, al mismo tiempo.

Tras un silencio preciso y precioso, le conté cómo había nacido la librería, de qué lugar eran las flores que olían tanto, cómo distribuía los libros, por azar e impulso, por emociones, para jugar; de dónde era el teléfono de baquelita negro que, casi escondido, esperaba una llamada que no llegaba. «¿Te imaginas que suena?», le dije con un guiño. «¿Y esa radio, podría sonar también?», preguntó jugando a la magia. «¡Si suena, muero!», respondí aparentemente aterrado. Le señalé con el

dedo los libros que desde la última estantería presidían mi pequeña librería. Los de mi madre. Y el jarrón de lavanda seca.

También el frasco de elixir que nadie ve cuando entra. O la llave. También las golondrinas que levantan el vuelo, aunque sean de cerámica. Las que colocamos fingiendo un surco de cielo. Se fijó en los azulejos, los que en su momento abrigaron panes y magdalenas, pasteles y cruasanes, y en la puerta del Ratoncito Pérez que solo los niños ven.

—¿Te diste cuenta?

—Mal habría crecido si no me hubiera dado cuenta, amigo.

—¿Quieres abrirla?

—Prefiero imaginar qué hay tras ella...

Sentí que las golondrinas batían sus alas, que echaban a volar surcando el cielo de la librería. Sobrevolándonos alrededor de la lámpara azul y de los libros. Salieron a la calle remontando el vuelo, por encima de los tejados y vigilando el pueblo por la torre del castillo. Se abrieron todos los libros, como si liberaran historias y personajes, caballos, hadas y golfos de pacotilla, princesas y guitarristas, detectives, niños, espíritus y muertos que no debían estarlo. Se activó la radio y sonó una canción francesa que recordaba bien: «*C'est une chanson qui nous ressemble...*».

Y sí, sonó el teléfono. Fui a cogerlo.

—¿Quién es?

—...

—¡Quién es! —grité con la música y los personajes dando vueltas alrededor de la mesa—. No le escucho. ¿Quién es? ¡Quién es!

Las palabras más bonitas del diccionario salieron también hacia la calle, volaba buganvilla, espuma, burbuja, voltereta... Un niño cogió del aire bicicleta. Una señora se abrazó a madre. Una pareja de ancianos se repartió colores y sabores. Tenía gracia la anciana del carrito que fue vocalizando alborada, ensimismarse e iridiscencia. Cogió libélula la chica del abrigo. Y melodía la de la bicicleta. Se rio el ciego con mochuelo porque le recordaba a su tío. Y le escoció nostalgia a la florista. Como ocaso a la anciana de los periódicos. Ojalá la quisieron coger todos, pero se escapaba entre palíndromos. Repitió pizpireta rebotando entre los árboles. Como quimera. Como rocambolesco. Fue susurro la que cayó al suelo, como hoja muerta.

—¿No me vas a decir quién era? —me preguntó Valentina.

—...

—¿Debería saber quién es?

—...

—Bueno..., ¿te ha emocionado?

—¿Te imaginas que te llamara el personaje que te hizo feliz en la infancia o aquel con quien paseaste libro en mano? —le ofrecí la pregunta.

Calló Valentina madurando su memoria hasta que se dibujó una sonrisa en su rostro.

En la librería empezaron las palabras a buscar su sitio. Los verbos volvieron a los predicados y los adjetivos se fijaron junto a los nombres. Se subordinó perfectamente la frase, se dibujó el párrafo como antes estaba y buscó su sitio la preposición y la coma, también la tilde, la virgulilla y el punto. El Quijote volvió a ser hidalgo, se calmaron las aguas del Pacífico para Moby Dick, arreció la lluvia para que Darcy se apoyara en la pared de la casa de la familia Bennet.

La calle guardó sus palabras en el pecho, para usarlas cuando fuera preciso. Las golondrinas regresaron a la pared de la librería. Se pusieron en el mismo sitio, como llamadas a ser dibujadas. Las flores sonrieron y suspiraron soltando una fragancia nueva, una mezcla de jazmín, rosa, lirio y mimosa.

—¿Y tu madre? —me preguntó.

—Con pastillas de colores. Buscando la memoria. Las palabras a ella se le están yendo.

—Se vuelan también.

—Para siempre.

—Entonces será mejor leer y atraparlas para cuando se evaporen.

—Y decirlas. Recuérdalo bien. Las palabras no dichas se van. Escríbelas.

—¿Sabes que siempre te quise?

En el maravilloso y cómodo silencio en el que nos quedamos Valentina y yo todo se dijo. Como una brisa que viene poco a poco entre los árboles.

FIN

Este libro se acabó de imprimir
el 10 de septiembre de 2024.
La librería de Dª Leo ha cumplido un año y ocho meses.
Vivan las novelas, los autores, las historias
y los personajes inolvidables.
Vivan las librerías y los lectores,
que celebran cada día la magia de la literatura.

«Un libro es un sueño que
usted tiene en sus manos».

Neil Gaiman